ぼくたちと ワッフルハート

VAFFELHJARTE

マリア・パル 作
Maria Parr

松沢あさか 訳

堀川理万子 絵

さ・え・ら書房

ぼくたちとワッフルハート

（装丁）久住和代

This translation has been published with
the financial support of NORLA.

もくじ

トールおじさん
トールおじさんのガールフレンド
おじいちゃん
丘ヨーン
大おばちゃん

レーナのお母さん
イサク
パパ
ママ
マグヌス
クレラ
ミンダ

この本に登場《とうじょう》する主《おも》な人たち

トリレ　とてもやさしい九歳《さい》の男の子。なかよしのレーナといっしょだと、気が大きくなる。

トリレのパパ　フィヨルド回りの定期《ていき》フェリー勤務《きんむ》。自主消防団《じしゅしょうぼうだん》メンバー。地区混声合唱団指揮者《ちくこんせいがっしょうだんしきしゃ》。

トリレのママ　大家族《だいかぞく》をまとめている。トリレたちのいたずらがすぎると、しっかりお仕置《しお》きする。

ミンダ　十四歳《さい》。南アメリカのコロンビアからもらわれてきた。逆立《さかだ》ちとお話つくりが得意《とくい》。

マグヌス　十三歳《さい》。トリレのお兄さん。なまいきで、ときどきトリレに皮肉《ひにく》をいったりする。

クレラ　二歳《さい》。とてもおませで、年齢《ねんれい》のわりにいろいろ知っていて、なんでもできる。

おじいちゃん　トリレのパパのお父さん。トリレのよい理解者《りかいしゃ》で、いつでもトリレの強い味方《みかた》。

大《おお》おばちゃん　おじいちゃんのお姉《ねえ》さん。トリレのおばあちゃん代わり。おいしいワッフルを焼《や》く。

トールおじさん　トリレのパパの弟。仕事《しごと》は魚とり。あまり子ども好《ず》きではない。

レーナ　九歳《さい》。家はトリレのとなり。クラスも同じ。元気いっぱい、とても意地《いじ》っ張《ぱ》り。

レーナのお母さん　レーナと二人ぐらし。スーパーにつとめながら、芸術《げいじゅつ》の勉強《べんきょう》もわすれていない。

イザク　わかいお医者《いしゃ》さん。はじめて会ったとき、レーナは新しいパパが来たと早合点《はやがてん》した。

丘《おか》ヨーン　おじいちゃんの古い友だち。丘《おか》の上のほうで、ヴァーニャという馬とくらしている。

ヴェラ・ヨハンセン　レーナの張《は》り紙《がみ》を見まちがえた、そそっかしい女の人。丘《おか》ヨーンの姪《めい》にあたる。

アンナ　今も戦時中《せんじちゅう》と錯覚《さっかく》して、子どもたちを守《まも》ろうとがんばる老人《ろうじん》ホームのおばあさん。

生けがきの穴《あな》

夏休み第一日目の午後、レーナとぼくは家と家のあいだにロープをはった。レーナがいつものように、まずわたしがやってみると言いはった。さっそくぼくの部屋の窓《まど》にのぼって両手でロープをにぎり、足でロープをはさんだ。ものすごく危険《きけん》そう。レーナが窓《まど》から自分の家へとわたっていくのを、ぼくは息をつめて見まもった。レーナはもうすぐ九歳《さい》。ほかの子にくらべても大きなほうではないし、力持ちとも思えない。半分くらい行ったところでズリッと小さな音がして、足がロープからはなれた。レーナは家と家とのまん中あたりで宙《ちゅう》づりになった。手だけでロープにぶらさがっているのだ。ぼくの心臓《しんぞう》はめちゃくちゃにどきどきしはじめた。

「ワアッ」とレーナがさけんだ。

「どんどん行って！」とぼくがさけんだ。

どんどん行けっていわれたって、窓《まど》のそばにつっ立ってただ見てるだけの人が思うほどかんたんじゃないよ、というような声がぼくの耳に聞こえた。

「じゃあ、とにかくしっかりつかまっているんだよ！　今たすけてあげるから！」

どうやってたすけよう？　考えているぼくの手は汗《あせ》でびっしょりだ。レーナの手はかわいたままでいるように願《ねが》うしかない。もしも手が汗《あせ》ですべったら、二階の高さから墜落《ついらく》なのだ！

そのときぼくの頭にひらめいたのは、マットレス！


レーナがなんとかロープにぶらさがってがんばっているあいだに、ぼくはママとパパのベッドからマットレスをひっぱって持ちだした。廊下《ろうか》をひきずり、階段《かいだん》の上から投げおとし、せまい玄関《げんかん》へむりやりおしこんでドアをあけた。外の段《だん》だんは足でおしておろし、庭へひきずりだした。マットレスはものすごく重い。途中《とちゅう》のどこかでひいひいおばあさんの写真がかべから落ちて、ガラスが割《わ》れたけれど、気にしていられない。額《がく》がこわれるほうがレーナがこわれるよりずっとましだ。

ぼくがようやく庭へ出ると、レーナがもう長くはもたないことが見てとれた。

「トリレののろまったら」

レーナの声は息もたえだえだ。黒いおさげが風になびいている。

ぼくは聞こえないふりをした。レーナはちょうど生《い》けがきの真上《まうえ》だ。マットレスはそこへ、つまり生《い》けがきの上へおくしかない。それ以外《いがい》の場所ではなんの役にも立たないのだから。

そこでようやく、レーナ・リートは手をはなせることになった。レーナの体は熟《う》れすぎたリンゴのようにロープからはなれて落ちた。どさりと音がした。生《い》けがきの木が二本、そのショックで折《お》れた。

折《お》れた枝《えだ》とマットレスのカバー布《ぬの》をかきわけて、レーナが生《い》けがきのあいだからはい出てきたとき、ぼくはほっとして芝生《しばふ》の上にすわりこんでしまった。

「ちょっと、いうけど、これあんたのせいだからね、トリレ」かすり傷《きず》ひとつなく、しゃんと立ちあがったレーナがいったのがこれだ。

どこがぼくのせいだ、と思ったけれど、ぼくはなにもいわないことにした。レーナが生きていてくれて、ほんとにうれしかったのだ。いつものように。

トリレと小さなおとなりさん

ぼくたちは同じクラスだ。レーナとぼくとは。クラスの女の子はレーナひとり。ちょうど夏休みでよかった、とレーナはいった。それでなかったら墜落《ついらく》したあと、わたしくたばっちゃってる、学校と墜落《ついらく》といっぺんに両方なんて、あんまりだものと。

ぼくたちはあとで、レーナの墜落《ついらく》で穴《あな》があいた生《い》けがきを、もう一度じっくりとながめた。

「墜落《ついらく》したときマットレスがなかったら、ほんとにくたばっちゃってたかもしれないよ」とぼくはいった。だけど、レーナはそんなことにはならなかったという意見だ。せいぜい脳《のう》しんとうをおこすくらいのところよと。脳《のう》しんとうなら、もうまえにやったことあるから平気。しかも、二回もやっちゃったんだから。

それでもぼくは、レーナが落ちたときマットレスが敷《し》いてなかったらどうなっただろうと考えずにはいられない。レーナが死んでたら、そんな悲しいことはないじゃないか。ぼくにはレーナがいなくなるのだもの。レーナは女の子だけれどぼくの一番の親友だ。でも、そのことをぼくはいわずにいる。思いきっていうのがこわいのだ。だって、ぼくがレーナの一番の親友かどうか、ぼくにはわからないのだから。そうだと思えるときもあるし、そうとは思えないときもある。時《とき》と場合によってまちまちなのだ。それでもぼくは、くりかえし考えてしまう。ことに、レーナがロープからマットレスの上に落ちるような事件《じけん》がおこったときなど、あんた、わたしの一番の親友よといってくれるのではないかと、つい思ってしまうのだ。べつに大声でいってくれなくてもいい。はっきりいってくれなくてもいい。ぼそぼそとつぶやいてくれるだけでもいいのだ。でも、レーナはそんなことは一度も口にしない。レーナのハートは石でできているのかと思うほどだ。

レーナの目はグリーンで、鼻にソバカスが七つある。やせっぽちだ。おじいちゃんはいつもいっている。馬みたいに食べるくせに自転車みたいにがりがりだって。レーナはジャンケンではいつも負ける。しかしレーナにいわせれば、それはほかのみんながごまかすせいだそうだ。

ぼくは見たところはふつうだ。自分ではそう思っている。髪《かみ》はブロンドで、片方《かたほう》のほっぺたにえくぼがある。ただ、名前だけはふつうではない。ママとパパはぼくにテオバルト・ロドリクという名前をつけた。ふたりはあとでしまったと思ったらしい。小さな赤《あか》ん坊《ぼう》に、たいそうな名前をつけてしまったのだから。だが、一度つけてしまったものはしかたがない。ぼくはそれから九年間、テオバルト・ロドリク・ダニエルセン・ユッターゴールですごしてきた。九年間は長い。ぼくの一生ということだ。だけどありがたいことに、みんなはぼくをトリレと呼《よ》んでくれる。だからぼくは名前のことをあまり気にせずにいられる。レーナがときどき聞くとき以外《いがい》はだけれど。

「ねえトリレ、あんたの名前もう一回いってみてくれない？」

「テオバルト・ロドリク」

するとレーナは大声で笑《わら》いつづける。笑《わら》いながら、体をゆすって膝《ひざ》をたたいたりする。

レーナとぼくが穴《あな》をあけてしまった生《い》けがきは二つの庭の境《さかい》だ。片方《かたほう》の小さな白い家にレーナはお母さんといっしょに暮《く》らしている。パパはいない。ちょっと地下室の整理をすればひとりくらいふえてもあまるほどのスペースはあるんだけど、とレーナはいっている。もう一方の大きなオレンジ色の家はぼくの家だ。ぼくの家は三階プラス屋根裏部屋《やねうらべや》。ぼくたちは大家族だから。ママとパパ、ミンダ（十四歳《さい》）、マグヌス（十三歳《さい》）、トリレ（九歳《さい》）とクレラ（二歳《さい》）だ。それとおじいちゃん。おじいちゃんの部屋は地下室だ。ママはいつも、これが見わたすことができるぎりぎりの数だといっている。これにレーナがくわわれば、ママのぎりぎりをこえてしまって、ちょっとめんどうなことにもなる。

レーナがそろそろあんたの家へ入ろうよといった。だれかがコーヒーを飲み、ビスケットを食べたい気になっているかもしれないものね。

レーナがいうだれかは、今日はおじいちゃんだった。ちょうど階段《かいだん》をあがってきたところで、ぼくたちといっしょになった。おじいちゃんは年とっていて、しわだらけで、髪《かみ》がうすい。おじいちゃんはぼくが知っているうちで、最高《さいこう》のおとなだ。木靴《きぐつ》はぬいで、手を胸当《むねあ》てつきズボンのポケットにさしこんでいる。胸当《むねあ》てつきズボンはおじいちゃんのいつものスタイルだ。おじいちゃんはパパのお父さんで、名前はラルス。

「おや、トリレと小さなおとなりさんも来てるじゃないか」といって、おじいちゃんがうなずいた。「わしたち、どうやら同じことを思いついたらしいな」

ママは居間《いま》で新聞を読んでいた。ぼくたちを見てもびっくりした顔もしない。うちのキッチンにレーナやおじいちゃんがいても、いつものことだから気にもならないのだ。レーナはよその子で、おじいちゃんも自分の家族とはちょっとちがうのだけれど。とにかく、レーナとおじいちゃんはしょっちゅうそこにいる。レーナときたら、まるで自分の家のような顔だ。

おじいちゃんが棚《たな》の懐中電灯《かいちゅうでんとう》を手にとった。そっとママにしのびよる。

「手をあげろ！」とさけんで、懐中電灯《かいちゅうでんとう》をピストルのようにつきつける。「カリさんよ、いのちがおしかったらコーヒーをだせ！」

「それとビスケットもよ！」レーナが念《ねん》のためにつけくわえる。

レーナとおじいちゃんとぼくは、ほしいときにはたいてい、コーヒーとビスケットにありつく。ママはいやとはいえない。ぼくたちがお願《ねが》いすればもちろんだけど、懐中電灯《かいちゅうでんとう》のピストルでおどされては、いやといえるはずがない。

四人でキッチンテーブルにすわり、ビスケットを食べておしゃべりをするときは、ぼくたちいい仲間《なかま》だなあと思う。ロープわたりのときは、ママはかんかんだったけれど、今はもうやさしくなっている。ママがふと、レーナとぼくにたずねた。

「あんたたち、夏至祭《げしまつ》りのカップルになるの楽しみにしてるでしょ?」

レーナの口がぴたっとうごきをとめた。

「今年も? おばさん、わたしたちをほんとに結婚《けっこん》させるつもりなの?」とさけんだ。

「いいえ」とママがいった。「ほんとに結婚《けっこん》させようなんて考えてるわけじゃないけど」

レーナはママにおしまいまでいわせない。だけど、そのつもりみたいに聞こえるんだものともんくをいう。「いつでもトリレとわたしばっかり。わたしたち、そんなの拒否《きょひ》します!」

レーナはぼくの意見も聞かずに、きっぱりと言いわたした。でも、それでいいのだ。ぼくだって、レーナと同じ気持ちなのだから。このあたりでは、夏至祭《げしまつ》りにはいつも、男の子と女の子が花嫁花婿《はなよめはなむこ》のかっこうをして結婚式《けっこんしき》のまねごとをすることになっている。その花嫁花婿《はなよめはなむこ》はずっといつもレーナとぼくの役ということになっているのだ。

「ぼくもいやだよ。ふたりでなにかほかのことをしたらだめ?」とぼくはいった。

ママがすぐには返事できずにいると、レーナがすばやくいった。「わたしとトリレで魔女《まじょ》づくりをするとか」

ぼくはびっくりして肩《かた》をすくめた。でも、すぐにそれはいいと思いなおした。魔女《まじょ》の火あぶりも、夏至祭《げしまつ》りの行事につきものだ。その魔女《まじょ》づくりは毎年ミンダとマグヌスがやっている。レーナとぼくだって、一度やらせてもらっても当然《とうぜん》なのだ。レーナはママの手をひっぱって、ぴょんぴょんと跳《は》ねながら、しつこくせがんだ。

「トリレと小さなおとなりさんに魔女《まじょ》づくりをやらせてみてもいいんじゃないかね。花嫁花婿《はなよめはなむこ》はほかのだれかに頼《たの》めるだろうし」とおじいちゃんがいった。

というわけで、レーナとぼくは初《はじ》めて魔女《まじょ》づくりをまかされることになった。ぼくはなぜか、それが初《はじ》めてで最後《さいご》になりそうな気がしていたけれど。

魔女《まじょ》は消さなくちゃ

レーナとぼくが住んでいるのはクネルト・マチルデと呼《よ》ばれる入《い》り江《え》だ。おじいちゃんにいわせると、クネルト・マチルデは王域《おういき》だそうだ。王さまがいなくても王域《おういき》は王域《おういき》だというのがおじいちゃんの考えだ。でも、この思いつきはなかなかいいと思う。おじいちゃんのいうとおり、クネルト・マチルデは王域《おういき》、ぼくたちの王域《おういき》だ。家いえと海のあいだに大きな畑地がひろがっていて、そのあいだに細い砂利道《じゃりみち》がとおっている。その砂利道《じゃりみち》の先は海だ。道ばたにナナカマドが何本も立っていて、木登りができる。朝起きると、ぼくは窓《まど》から海をながめ、天気を見る。風のあるときは、波しぶきが畑のほうにまで飛《と》んでいるのが見える。風のないときは、海はものすごく大きな水たまりのようにしずかだ。少し注意して見ると、水の青色は毎日トーンを変《か》えている。ついでにぼくはおじいちゃんの舟《ふね》をさがすことを忘《わす》れない。おじいちゃんは

毎朝五時起きして漁《りょう》に出ているのだ。

家のならびの上を道路がとおっている。道路の上は丘《おか》だ。冬にはそこでソリ遊びやスキーができる。レーナとぼくは一度雪で小さなジャンプ台をつくったことがある。レーナがソリで道路を飛《と》びこしてみたいといったから。ところがレーナは道路のまん中に着地《ちゃくち》してお尻《しり》をぶった。ちょうどそのとき、車が一台走ってきた。ぼくはあわててレーナを側溝《そっこう》へころげおとそうとしたが、車は急ブレーキでとまってくれた。レーナはそれから二日間、腹《はら》ばいで寝《ね》ていた。

丘《おか》の一番高いところに丘《おか》ヨーンの農園がある。丘《おか》の上にすんでいるヨーンさんだから丘《おか》ヨーン。彼《かれ》はおじいちゃんの親友だ。その農園から上は山だ。山のてっぺんまで行くとうちの小屋があって、そこまでのぼるには二時間かかる。


レーナとぼくは、ひとがクネルト・マチルデについて知っていなければならないことは、みんな知っている。それよりもっとたくさん、知らなくてもいいことまで知っている。だから魔《ま》女《じょ》づくりに必要《ひつよう》なものがどこにあるか、ちゃんとわかっている。

レーナはぼくたちの魔女《まじょ》をつくるために、半ステーキを二つエネルギッシュにたいらげた。

なにかをはじめるとなると、初《はじ》めから順《じゅん》をふまなければ気がすまないのだ。さいわい、おじいちゃんがちゃんとした結《むす》び方《かた》も教えてくれた。レーナとぼくがどれだけきつくしばったつもりでも、結《むす》び目《め》がゆるんできたり、ほどけてしまったりする。ちゃんとした結《むす》び方《かた》はどうしても教えてもらう必要《ひつよう》があった。

それでも干《ほ》し草《くさ》にぼろをまきつけて形にするまでにかなり時間がかかった。ぼろをまとめるのはかんたんではなくて、魔女《まじょ》はなかなかしゃんとしない。大きさはレーナやぼくと同じくらい。かなり不気味《ぶきみ》な代物《しろもの》だ。ぼくたちはさらに結《むす》びこぶをいくつかつくって、魔女《まじょ》の頭をそれらしくした。

「すごい」とレーナがいって、満足《まんぞく》そうな笑顔《えがお》になった。

ぼくたちが魔女《まじょ》を古い家畜小屋《かちくごや》にはこぼうとしたとき、マグヌスがやってきた。

「おまえたち、かかしをつくったのか？」

「これは魔女《まじょ》だよ」とぼくは言いかえした。

マグヌスが笑《わら》いだした。「これが魔女《まじょ》だって？　もしも魔女《まじょ》だとしたら、今までに見たうちで一番おそまつな魔女《まじょ》だよ！　どうせ燃《も》やしちゃうにしてもさ！」

ぼくはかっとなった。レーナはぼくよりもっとかっとなった。

「じゃましないでよ。それより浜《はま》へ行って、たき火の用意をしたらどう！」

マグヌスは行ってしまったけれど、笑《わら》い声《ごえ》だけはしばらく聞こえていた。ぼくはレーナにいった。ぼくたちをうらんでいるんだよと。「今まではいつも自分とミンダで魔女《まじょ》をつくっていたのに、その仕事をとりあげられたから」

しかしレーナの気持ちはおさまらない。魔女《まじょ》をにらんで蹴《け》りつけた。魔女《まじょ》はたおれて、干《ほ》し草《くさ》が腹《はら》からあふれだした。


ぼくたちはレーナの家へ行ってジュースを飲んだ。レーナのお母さんは絵描《えか》きで、奇妙《きみょう》なものから芸術《げいじゅつ》をつくっている。だから家の中はありとあらゆるがらくたでいっぱいだ。洗《あら》い場《ば》には半分になったオートバイまでおいてある。ちゃんと組み立てれば、また走るようになるのだそうだ。

レーナは部屋の中を見まわしながら、ジュースの中へ力いっぱい息を吹《ふ》きこんで、大きな泡《あわ》をつくっていた。突然《とつぜん》、泡《あわ》づくりをやめて、考えこむ顔つきになった。

赤いコーナーだんすの上に、大きな人形がすわっている。ぼくがそれまでに見たうちで一番大きな人形だ。ぼくはそれまでにも、その人形を何度も目にしていた。手をだらりとたらし、顔の絵の具が少しはがれかけている。レーナのお母さんはその人形をドライフラワーでかざっている。レーナの目がその人形を見つめている。レーナがなにを考えているかわかって、ぼくはひどいショックをうけた。

「わたしたち、あれを……?」と言いかけて、レーナがぼくの顔を見た。

「ねえ、トリレ。魔女《まじょ》って古いがらくたを寄《よ》せあつめてつくるものだよね。あの人形はできてからもう七十年くらいたつんだって。ママはそういってるわ」

「それじゃあ、古すぎるんじゃない?」とぼくはいってみた。

「古すぎるからどうだっていうの? ばかみたい」とレーナはこたえた。古ければ古いほどいいじゃないの、というわけだ。レーナは黄色い揺《ゆ》り椅子《いす》をたんすの前へひっぱってきて、人形をおろすようにと、ぼくに命令《めいれい》した。

「膝《ひざ》ががくがくだよ」とぼくはつぶやいた。

レーナは細い指でぼくの膝《ひざ》をつかんだ。「もうがくがくしないでしょ」

中身が干《ほ》し草《くさ》でなく人形になったことで、魔女《まじょ》づくりはぐんとかんたんになった。ボール紙の大きな鼻、サングラスをつけ、頭にスカーフをかぶせれば、中に人形が入っているとはだれも思わない。レーナとぼくしかそのことを知らないのだから。ぼくたちはその魔女《まじょ》をレーナのベッドの下へかくした。

その晩《ばん》はなかなか寝《ね》つけなかった。おしまいにぼくは魔女《まじょ》のことを入れて、夜のお祈《いの》りをとなえた。

「神さま、どうか、魔女《まじょ》がほんとうに燃《も》やされずにすみますように」

夏至《げし》の朝、キッチンへ出ていくと、大《おお》おばちゃんがいた。

「おや、トリレが起きてきたよ」とぼくにウィンクした。

大《おお》おばちゃんは太っていて、年とっていて、おじいちゃんの姉さんだ。二十キロはなれたところに住んでいて、なにかあるたびにたずねてくる。クリスマス、復活祭《ふっかつさい》、だれかの誕生日《たんじょうび》、五月十七日（ノルウェーの祝日《しゅくじつ》、憲法記念日《けんぽうきねんび》）など。おじいちゃんと結婚《けっこん》していた本物のおばあちゃんはたった三十五歳《さい》で死んでしまった。だから大《おお》おばちゃんはぼくたちの代理《だいり》おばあちゃんみたいなものだ。ぼくは大《おお》おばちゃんに会うと、胸《むね》の中があたたかくなる。大《おお》おばちゃんの顔はとてもすてきなしわくちゃ顔。いつでも笑《わら》っているからだ。ぼくのうちでは大《おお》おばちゃんがくるとみんな大よろこびだ。みんなですごろくをし、ハッカあめをなめ、大《おお》おばちゃんがおじいちゃんとかわるがわる話してくれるお話を聞く。それに大《おお》おばちゃんはワッフルを焼《や》いてくれる。世の中の人はあれが世界一とかいやこれだとかいうけれど、大《おお》おばちゃんが焼《や》いてくれるワッフルこそぜったいに世界一だ。

天気は晴れ。パパまでいっしょにゲームし、いっしょにワッフルを食べた。パパには堆肥《たいひ》を畑に撒《ま》くという仕事が待っていたのだけれど。ママが、それはまたにしてもいいんじゃないのといったからだ。夏至《げし》の夜祭《よまつ》りを、肥《こ》やし臭《くさ》いなかでやるなんてごめんだわと。パパもママとそっくり同じ意見だった。

六時になると、ママが手をたたいていった。「さあ、火をつける時間よ」

ぼくは額《ひたい》にボタンがあればいいと思った。ボタンをおせば、すっと姿《すがた》が見えなくなる、そんなボタン。神さまはどうしてぼくたちにそういうボタンをくれないのだろう？　足の中指より、ずっと使い道があるだろうに。

　さてみんなそろって出かけようとすると、大《おお》おばちゃんが背中《せなか》をおさえて、少し体をやすめたいと言いだした。おじいちゃんが大《おお》おばちゃんのようすを見るために自分もいっしょにのこるといった。

「ぼくものこりたい！」とぼくはさけんだ。

　しかし、だめといわれてしまった。


　その日は一日じゅう、レーナとは顔をあわせなかった。そのレーナがシーツにくるんだぼくたちの魔女《まじょ》をかかえてやってきた。額《ひたい》に深いしわをよせている。

「それ、どこかほかのところへおいておかない？」とぼくは聞いた。

　レーナはちらとマグヌスのほうを見て、首をふった。

　クネルト・マチルデの住人《じゅうにん》がみな浜《はま》におりて、あつまっている。それはうちの家族、レーナとお母さん、パパの弟のトールおじさん、それとトールおじさんのガールフレンドだ。岩の上に、ぼくが見たうちで一番りっぱな、一番すごいたき火の用意ができている。ミンダとマグヌス、パパとで積《つ》みあげたのだ。マグヌスとミンダは大とくいで、うれしそうな顔。

「あとは魔女《まじょ》だけだな」とパパがにっこり笑《わら》って、ひげをひねった。

レーナが咳《せき》ばらいしてシーツから魔女《まじょ》をだした。みんなはぼくたちの作品をながめて、びっくりした顔になる。

「すごいじゃないの！」とミンダがさけび、おとなたちがみなうなずいた。

横目で見ると、レーナが額《ひたい》によせたしわは、はっきりした溝《みぞ》になっている。ぼくは自分の額《ひたい》に手をやってさぐったが、やっぱりボタンはない。

ミンダが魔女《まじょ》をわきにかかえて、薪《たきぎ》の山へのぼっていく。てっぺんについても、ミンダの膝《ひざ》は少しもがくがくしていない。地面から何メートルもはなれているというのに。ミンダは南アメリカのコロンビア生まれだ。ママとパパが、親のないミンダを小さな赤《あか》ん坊《ぼう》のときに養子《ようし》としてひきとったのだ。ぼくはミンダは南の国の王女ではないかしらと思うことがある。ちょっとそんな風に見えるのだ。そしてこの夏至《げし》の夜、髪《かみ》を風になびかせて高いところに立っているところは、いつもよりもっとずっと、異国《いこく》からきた王女さまという感じがする。ぼくはトール

おじさんが火をつけるまでの、少しのあいだちょっとだけ気分が浮《う》きたった。おじさんがライターをとりだしたちょうどそのとき、クレラがさけんだ。

「花嫁《はなよめ》さんと花婿《はなむこ》さんだ！」

みんながふりむいた。ほんとだ。新しくたがやした畑を花嫁《はなよめ》と花婿《はなむこ》のカップルが近づいてきた。おじいちゃんと大《おお》おばちゃん！

ぼくはあきれてしまった。コメディ映画《えいが》に出てくるカップルみたい。大《おお》おばちゃんがパパの背広《せびろ》を着て、花婿《はなむこ》になっている。まるで太ったペンギンだ。おじいちゃんは白いドレス、ベールをつけてハイヒールだ。手にもった花束《はなたば》はサボテン。

ぼくたちみんなが笑《わら》ったのなんのって！　ママは笑《わら》ったひょうしに梨《なし》ジュースにむせた。ついでにいうと、そのせいで明くる日まで咳《せき》がとまらなかった。トールおじさんは笑いすぎて身《み》をよじり、地面に膝《ひざ》をついてしまった。そして、うれしいことにみんな火をつけることを忘《わす》れていた。

しかし、おじいちゃんと大《おお》おばちゃんが腰《こし》をおろすと、トールおじさんがライターを持ちなおした。

「火、つけないで！」とレーナがすばやくいった。

みんながふしぎそうな顔で、レーナを見た。しかし、ぼくたちがつづけて反対する前に、おじさんはもう火を燃《も》えあがらせてしまっていた。レーナが息をとめるのが見えた。レーナは体じゅうの力を声にするつもりだ。ぼくは手で耳をおさえた。同時にレーナがさけんだ。

「消して！」と大声で。

炎《ほのお》が立ちのぼり、魔女《まじょ》に近づいていく。

「ママ、人形なの！　魔女《まじょ》の中はママの人形なの。火を消して！」

ミンダが最初《さいしょ》にうごいた。ソーセージの缶《かん》の中身《なかみ》を捨《す》てて、ミネラルウォーターを入れた。

みんなはそれにならって、缶《かん》やら箱やらを手あたりしだいにもって、てんでに波打《なみう》ちぎわまで走りおり、海の水を入れてかけもどった。パパは腕《うで》をふりまわして、一列にならべと号令《ごうれい》をかけた。パパは地域《ちいき》の自主消防隊員《じしゅしょうぼうたいいん》なのだ。しかし、みんなてんでばらばら。パパの思いどおりのリレー消火《しょうか》にはならない。炎《ほのお》はどんどん高くなっていく。

「ああ、ああ」ぼくは小声でいうばかり。魔女《まじょ》のほうに目をむけることもできない。

炎《ほのお》はまっ赤《か》に燃《も》えあがり、手のほどこしようがないことがはっきりした。

「もうどうしようもない」トールおじさんがいって、腕《うで》をひろげた。

そのことばといっしょに、すべての望《のぞ》みが消えうせた。と、そのとき、トラクターのエンジン音がひびいた。堆肥《たいひ》を山積《やまづ》みした荷車をつないで畑においてあったトラクターだ。おじいちゃんが運転席《うんてんせき》にすわって、フルスピードでこちらへむかってくる。

「どけ、どけ」目にかぶさるベールをはらいのけながら、おじいちゃんがどなった。ママが悲鳴をあげた。その悲鳴と同時に、少しはなれたところから、花嫁《はなよめ》が空にむかって堆肥《たいひ》をほうりあげた。

何秒かのあいだ、空の色が茶色になった。空が茶色なんて、そんなはずないのにと思ったことをおぼえている。みんながいっせいにかがんで、両手で頭をかかえるのを目で見ながら、そう思ったのだ。

すぐに牛糞《ぎゅうふん》の雨がふってきた。ぼくたちはその場につっ立って、頭の上から足の先まで牛糞《ぎゅうふん》をあびせられた。逃《に》げる間もなかった。聞こえるのは牛糞《ぎゅうふん》が空をびゅんびゅん飛《と》びかう音、見えるのはばらばらと落ちる牛糞《ぎゅうふん》の雨だけだった。

そのあとはあらゆる音がとだえて、あたりがしずまりかえった。ぼくたちクネルト・マチルデの住人《じゅうにん》だけがそこに立っていた。牛糞《ぎゅうふん》がかからなかった場所はどこにもない。そのときのことは、ぼくはいつまでもぜったいに忘《わす》れない。

ゆっくりとトラクターのドアがひらいた。おじいちゃんが白いドレスの裾《すそ》をつまみあげながら、そろそろとトラクターからおりてきた。

「見てごらんよ」とおじいちゃんがいって、火のほうへあごをしゃくった。炎《ほのお》はすっかり消えて見えなくなっている。たき火も魔女《まじょ》も、ぼくたちと同じように牛糞《ぎゅうふん》まみれだ。

「おじいちゃん、ありがとう」とぼくは小声でいった。

ノアの箱船《はこぶね》

明くる日は日曜日で、ぼくたちは日曜学校へ行った。レーナとぼく、それとクレラもいっしょに。

夜のあいだに雨がふって、途中《とちゅう》にはいくつも水たまりができていた。クレラはゴム靴《ぐつ》が歩きにくそうで、丘《おか》をのぼるときは、ぼくたちが手をつないでひっぱりあげなければならなかった。

ぼくとクレラがおくれると、レーナは追いつくのを待ってくりかえした。

「その子がわたしの妹でなくて、ほんとによかった」

でもぼくには、レーナが口先《くちさき》だけでそういうのだとよくわかっている。クレラはぼくたちの宝物《たからもの》だ。クレラもほんとはぼくと同じように、おかしな名前をもっている。コンスタンツェ・リリフェーとかなんとかいうのだ。ぼく自身《じしん》、正しくおぼえているかどうかはっきりしないのだけれど。

日曜学校ではノアの箱船《はこぶね》のことを習った。ノアというのは、何千年も前にどこかほかの国に住んでいた人だ。山のてっぺんに箱船《はこぶね》という名前の大きな船をつくったんだって。神さまが山のてっぺんに大きな船をつくれといったらしい。ものすごい大雨になるだろうからって。世界じゅうが海になる。雨がふりはじめる前に、この世の中の動物のオスとメス、一ぴきずつをその船に乗せるように、でないとみんなおぼれてしまうからと。人びとはノアは頭がおかしくなったのだと思った。だって山のてっぺんで船をつくって、動物たちをそこに乗せたのだから。でも、ノアは人がどういおうと気にしなかった。ノアの船ができて、動物たちが乗ってしまうと、ほんとうに雨がふりはじめた。初《はじ》めは畑や道が水にかくれた。それから家や木が水にしずんだ。おしまいに水《みず》かさはどんどん増《ま》して、ノアの箱船《はこぶね》のところまであがってきた。箱船《はこぶね》は山のてっぺんをはなれて水に浮《う》かんだ。ノアは家族や動物たちといっしょに、何週間ものあいだ船の中にとじこもっていた。その恐《おそ》ろしい大水《おおみず》で、箱船《はこぶね》に乗っている動物たち以外《いがい》の生き物はみなおぼれてしまった。神さまはそれをかわいそうに思ったらしい。もう二度とこんな大雨をふらせないという約束《やくそく》のしるしに、空に虹《にじ》をだした。


日をあびながら家へ帰る途中《とちゅう》で、レーナがいった。

「箱船《はこぶね》なんて、つまらない名前じゃない？　ノアっていう人はもっといい名前を思いつけなかったのかなあ」

「名前をつけたのがノアかどうか、それはわからないよ」とぼくはいって、大きな水たまりを飛《と》びこえた。

「じゃあ、だれがつけたわけ？」レーナがもっと大きな水たまりを飛《と》びこえた。「聖書《せいしょ》にまちがったこと書いてあるっていうの？」

「聖書《せいしょ》にはまちがったことは書いてないと思うけどなあ」といって、ぼくは飛《と》びあがった。途《と》中《ちゅう》にある一番大きな水たまりを飛《と》びこえるつもりだった。そして水たまりのまん中へ飛《と》びこんでしまった。

「ことばがまだ全部はできていなかったかもしれないね」跳《は》ねあがったしずくがおさまってから、レーナがいった。「ものすごく大昔のことだもの」

ぼくは自分の長靴《ながぐつ》をさかさまにして水をだしてから聞いてみた。「きみだったらもっといい名前、思いつける？」

レーナはすぐには返事しなかった。レーナだって、やっぱりなにも思いつけないんだ、とぼくが思いかけたとき、レーナがいった。

「カッター」

ノアのカッターっていえばいいのよ、というのがレーナの意見だ。だって、カッターなら船のことだって、だれでも知っているもの。ハコブネなんて船らしくない。船でなくてただの箱みたい。レーナはため息をついて、聖書《せいしょ》を書いた人たちに反対するつもりか、首を横にふった。

「だけどカッターはそれほど大きくないよ」とぼくはいった。

レーナがまた首をふった。「ほらね、だから恐竜《きょうりゅう》が死《し》に絶《た》えたんじゃないの、トリレ。おぼれちゃったのよ。ノアの船に入れてもらう場所がなかったから」

それでぼくは、ノアという男がティラノサウルス・レックスを船に乗せようと必死《ひっし》になっているところを想像《そうぞう》したのだが、そのときすばらしいアイディアが頭にうかんだ。

「レーナ、カッターでそれ、やってみようか？　どのくらいの動物が乗せられるものか」

レーナも、日曜日にすることとしては、これ以上《いじょう》おもしろそうなことは考えられないといったのだった。

トールおじさんはきれいで大きなカッターをもっていて、毎日使っている。日曜日以外《いがい》はという意味だけれど。このおじさんはすぐにつむじをまげる癖《くせ》がある。それが一番はっきりするのは、レーナとぼくについてだ。しかし、カッターというものは海の砂《すな》ほどありあまっているわけではない。だからそこにあるものを使わせてもらうしかないのだ。たとえトールおじさんの持ち物だとしてもね、というのがレーナの意見だ。いくら気むずかしいおじさんだって、世界を自分のゲームにまきこんだノアという人には一目置《いちもくお》くんじゃないの？　ぼくは返事にこまって肩《かた》をすくめるしかなかったが、とにかくクレラをパパにわたして行動《こうどう》を開始《かいし》することにした。

トールおじさんの家はクネルト・マチルデで海に一番近い端《はし》っこにある。この日曜日、おじさんは町だ。映画《えいが》を見にいっている。カッターは船着《ふなつ》き場《ば》につながれて波にゆれていた。乗りこんではしごをひきあげさえすればいい。それはやったことがある。ぼくは一度漁《りょう》に連《つ》れていってもらったことがあるのだ。レーナとぼくは救命《きゅうめい》チョッキを着こんだ。無断《むだん》でカッターを使うからには、せめてそのくらいは気をつかわなければと思ったのだ。自転車用のヘルメットもつけたほうがいいだろうかとも思ったが、それはやめにした。

クネルト・マチルデにはたくさんの種類《しゅるい》の動物がいる。小さいのや大きいのやいろいろだ。ぼくたちはまず、おじいちゃんのキッチンの窓《まど》のすぐ前にいる二ひきのウサギを連《つ》れだした。名前は二月と三月。二ひきを船の上でじっとさせておくのは大変《たいへん》だったが、タンポポの葉を一つかみやると、ようやくおとなしくなった。それから納屋《なや》のうらのニワトリ小屋へ行って、メンドリ四番とオンドリをかかえだした。オンドリがものすごく暴《あば》れたので、ママに気づかれるのではないかと心配になった。でもママはラジオの音を大きくしていたのだと思う。ヒツジは夏のあいだ山へ行っているので、のこっているヤギ一頭で間に合わせることにした。そのヤギはマグヌスとだいたい同じくらいの年で、大《おお》おばちゃんにいわせると、とてもわがままだそうだ。船にあがったとたんに、さっそくウサギのためのタンポポを食べてしまった。ぼくたちはまたタンポポを摘《つ》みたさなければならなかった。それからぼくたちはクネルト・マチルデじゅうをまわって、うちのネコ二ひきをさがした。しかし見つかったのはフェストゥスだけだった。

「このネコ、すごく太っているから二ひき分の値打《ねう》ちがあるよ」とレーナがいった。フェストゥスは船室のそばにおかれて、さっそく昼寝《ひるね》をはじめた。

あちこち走りまわっているあいだに救命《きゅうめい》チョッキがゆるんだのでしめなおし、物置《ものおき》から空のジャムびんを持てるだけ持ちだした。それは虫を入れるのに使うのだ。ぼくたちがつかまえた虫はマルハナバチ、ミミズ、カタツムリ、葉っぱにいたアブラムシ、クモとカナブン、それぞれ二ひきずつ。それらが六このガラスびんにおさまった。虫取りには何時間もかかった。腹《はら》はへるし、背中《せなか》も痛《いた》くなってきた。おまけに、レーナがマルハナバチをびんに入れようとして、刺《さ》されてしまった。

「いつまでかかっても、仕事はおわらないね」とぼやいて、レーナが刺《さ》されたところをかきむしった。

連《つ》れてきた動物たちはみな、甲板《かんぱん》の日なたでおとなしくしている。ぼくはそれまで船の上に動物がいるのを見たことがなかった。こんなにたくさんの動物が船の上で満足《まんぞく》そうにしているなんて！　こいつら、一生に一度は船に乗ってみたいと思っていたのではなかろうか。でもまだ、もっとたくさんの動物のための場所が空いている。

レーナがまじめな顔をしていった。「トリレ、そろそろ牝牛《めすうし》を連《つ》れてこようよ」

トールおじさんは若牛《わかうし》を飼《か》っている。人間でいえばティーンエイジャーの牝牛《めすうし》だ。おとなの牛より神経質《しんけいしつ》で、乳房《ちぶさ》も小さい。そいつらはおじさんの家の上手《かみて》で草を食べていた。ぼくは、日曜日に借《か》りたいものって、持《も》ち主《ぬし》はみなおじさんだなあと考えた。もし、ぼくの家でも若牛《わかうし》をもっていたらよかったのに。おじさんはきっと怒《おこ》ってぼくたちを殺《ころ》しにかかるのではないかしら！　ぼくは膝《ひざ》ががくがくして、それをレーナに見せた。

「あんたの膝《ひざ》、近いうちになんとかしなくちゃね、トリレ」とレーナはいった。「それにね、トールさんだって、わたしたちが一日じゅう虫取りばかりしているわけにはいかないってこと、わかってくれるわよ……」

場所があまっているからには、その場所をふさぐ動物が必要《ひつよう》なことはたしかだった。トールおじさんがそのことをわかってくれるとは思えなかったけれど、ぼくはそのことをいわずにおいた。しばらく草を食べている若牛《わかうし》をながめたあとで、ぼくたちは一番大きくて、おっとりして見えるのにきめた。

「さあ、おいで、いい子だから」といって、レーナは牛の首にかけてあるひもを、そっとひっぱった。

うまくいった。牛は船着《ふなつ》き場《ば》までなんのもんくもいわずに、すなおについてきた。まるで大きくてりこうな犬のように。

「さあ、これでようやく船がいっぱいになるね」レーナが満足《まんぞく》していった。

ぼくの膝《ひざ》のがくがくもおさまっていた。レーナとぼくは、これでノアと同じようなことをやりとげるわけだ。ぼくたちのカッターは動物でいっぱいになる。あとは若牛《わかうし》を船に乗せるだけ。それで仕事は完了《かんりょう》ということだ。

しかし、渡《わた》り板《いた》のまん中まで来たとき、ぼくたちはヤギが船室の中へ入ってカーテンをむしゃむしゃやっているのに気がついた。レーナが大声でさけんで船にかけあがった。そこからすべて調子がくるった。

若牛《わかうし》はレーナのさけび声におどろいて半メートルほど空中に跳《は》ねあがり、そのまま船の上に跳《と》びうつった。ショックで逆上《ぎゃくじょう》し、カッターの上でモウモウと鳴きながらあたりかまわず蹴《け》りまくった。ネコとウサギはびっくりして逃《に》げまわる。メンドリ四番とオンドリはガクガクゲコゲコと声をはりあげて、ばたばた舞《ま》いあがり舞《ま》いおりる。ヤギはきょとんとしてあたりを見まわし、船室からのっそりと出てきて、撒《ま》きちらされた糞《ふん》の上におしっこした。そのおしっこで若牛《わかうし》が足をすべらせた。はずみでかじりかけのカーテンがぶらさがる窓《まど》にぶつかって、窓《まど》をこわした。羽と糞《ふん》とタンポポとウサギと、甲板《かんぱん》の上はもうぐちゃぐちゃ。

レーナとぼくはとほうにくれて、おたがいに顔を見あわせるだけ。そのあいだに若牛《わかうし》はみごとな跳躍《ちょうやく》ぶりで水の中へ飛《と》びこんでしまった。

そこへトールおじさんが来た。牛にとって幸いなことに、ぼくたちにとっては不幸《ふこう》なことに。

「このさわぎはいったい、なにごとだ?」とおじさんがどなった。その大声は地球を半周《はんしゅう》してコロンビアあたりまで聞こえたにちがいない。

「だってこのこと、日曜学校《にちようがっこう》で習ったんだもの」とレーナが泣《な》きながらいった。

若牛《わかうし》は水の中で、小型《こがた》のモーターボートのようにばたばたやっている。きっと恐水症《きょうすいしょう》なのだ。そういう病気があればだけど。トールおじさんはもうなにもいわない。船に跳《と》びのって、そこにあるともヽヽヽづなを投《な》げ縄《なわ》のようににぎった。

ぼくのおじさんはカウボーイではない。だから投《な》げ縄《なわ》のロープが牛の首にかかるまで、おかしなスタイルで、投《な》げては失敗《しっぱい》を何回もくりかえした。やっとのことで牛を陸《りく》にひきあげたときには、おじさんは全身《ぜんしん》ずぶぬれ、怒《いか》りで煮《に》えくりかえっていた。

「おまえたち、このろくでなし！」おじさんはレーナとぼくにむかってどなった。

ぼくはおじさんが今立っているところからうごけないことだけが、うれしかった。おじさんは牛から手をはなすわけにはいかないから、うごくことができないのだ。

「いいか、トリレ・ダニエルセン・ユッターゴール、それとおまえ、レーナ・リート、これから半年のあいだ、おれの地所《じしょ》に一歩でも近づいてみろ。そうすりゃあ、おまえたちの頭を腹《はら》の中までめりこませてやるからな。ふたりともだ！」

おじさんは腕《うで》を肩《かた》の関節《かんせつ》からはずれそうなほどの勢《いきお》いでふりまわして、ぼくたちを追いはらった。

ぼくたちは必死《ひっし》で逃《に》げた。クレラが庭につくったブロックのおうちまできて、そこで草の中にぶったおれた。ぼくはしばらくあおむけに寝《ね》ころがっていた。ほんとにがっくりきていた。

レーナがいった。「頭が腹《はら》の中にあるってことは、おへその穴《あな》から外がのぞけるってことだよね」

なにかうまくいかないことがあると、なぜか両親にかならずばれてしまう。こんどもそうだった。からだのどこかに、レーダーでも埋《う》めこんであるのかもしれない。ママとパパ、それとレーナのお母さんがうちのブルーのキッチンに待ちうけていて、なにをしたのかとぼくたちを問《と》いつめた。ぼくたちに救命《きゅうめい》チョッキをぬぐひまもくれない。

ぼくたちはどうすることもできずに、すべてを白状《はくじょう》しなければならなかった。

ぼくたちが話しおわると、親たち三人は目をぎょろつかせ、だまってぼくたちをにらむだけ。あたりがしずまりかえった。レーナがため息をついた。どもるだけで、ちゃんとしたことばも出ない。算数の時間と同じだ。ぼくは指で救命《きゅうめい》チョッキをとんとんたたいた。せめてこれだけでもぬぎたいと思っていることを知ってもらいたかった。

「古い昔にノアがやったことをなあ」ようやくパパがいって、浮《う》かびかけた笑《わら》いをひげの奥《おく》にかくそうとした。

ママがこわい顔でパパをにらんだ。冗談《じょうだん》をいっている場合ではないと、パパに知らせたのだ。

「あんたたち、いったい正気《しょうき》なの？」とママがいった。それにどう答えていいかよくわからなかったので、ぼくはただうなずくしかなかった。この週末《しゅうまつ》、かなりやりすぎたと、それは自分でもはっきりしていたのだけれど。

「あんたたち、ふたりで船に行って、よくおわびを言い、動物たちを元の場所に返しなさい」とレーナのお母さんが、きびしい声で言いわたした。

「トールおじさん、今日はわたしたちの顔を見たくないんじゃないかしら」とレーナがつぶやいた。

でも、そうだねといってくれる人はだれもいない。

パパが木靴《きぐつ》をはいて、ぼくたちの先に立ってくれた。パパがいっしょに行ってくれることが、しょげきっているぼくの気持ちをちょっぴり元気づけてくれた。トールおじさんはパパの弟だ。こんな日には、そのことを考えるだけでもなぐさめになる。

「よくもいろいろなことを思いつくものだな、おまえは。トリレ！」ぼくたちが家を出るとき、マグヌスが窓《まど》から顔をだしていった。ぼくは聞こえないふりをした。

「げんこつ食《く》らうかも。自転車ヘルメットがいりそうだ」とぼくはレーナにささやいた。

レーナとぼくが動物でカッターをいっぱいにしたというのに、空に虹《にじ》は出なかった。雨もふらなかったのだけれど。ぼくたちはとてもついていた。おじさんのところにガールフレンドが来ていて、そのガールフレンドが子ども好《ず》きだったのだ。レーナとぼくみたいな子どももも、子どものうちというわけだ。おじさんも彼女《かのじょ》が目の前にいては、怒《いか》りをぶちまけるわけにもいかなかったというわけ。

「もう二度と、だまって船や牛を借《か》りることはぜったいしません」とレーナがいった。

「こわれた窓《まど》のガラス代はぼくたちが払《はら》います」とぼくがいった。

レーナがエヘンエヘンと大きな咳《せき》ばらいをしてから、すばやくつけくわえた。

「もしもわたしたちにお金があったらだけど」

そのあとで、ぼくたちはおじさんのガールフレンドから、クリームつきのアップルケーキをサービスしてもらった。

ぼくたちが動物たちをそれぞれ元の場所にもどしたころには、草の上に夕方の露《つゆ》がおりていた。レーナは低《ひく》く口笛を鳴らした。

「わたしの考えた文句《もんく》、どういうのかわかる、トリレ?」

ぼくは首をふった。

「ヤギのフンふんじゃった」

レーナは声をあげて笑《わら》い、かきねの穴《あな》をぬけていった。家のドアをばたんとしめる音がした。

レーナのしめ方はいつでも力《ちから》まかせ。音がクネルト・マチルデじゅうにひびく。

レーナはそういう子なのだ。レーナ・リートは。

〈パパ求《もと》む〉

つぎの日、パパは夏プロジェクトをはじめた。これは毎年のことだ。プロジェクトというのは、うちではちょっと大きな、手のかかる仕事という意味だ。なにをするかきめるのはママということになっている。ママは今年、前の道に石塀《いしべい》がほしいと言いだした。レーナはそれを聞いて大よろこび。塀《へい》を平均台《へいきんだい》に使おうとあてにしているのだ。それで注文をつけた。

「うんと高く、幅《はば》もせまくしてね」

パパは石のあいだを歩きながらぶつくさいった。このプロジェクトがあまり気に入っていないのだ。どちらかといえば、夏はテラスでコーヒーを飲んですごすほうがいい。レーナとぼくがパパの石積《いしづ》みをながめはじめると、じきに言いだした。

「おまえたち、できるだけ遠くへ行って、遊んでてくれないかな」

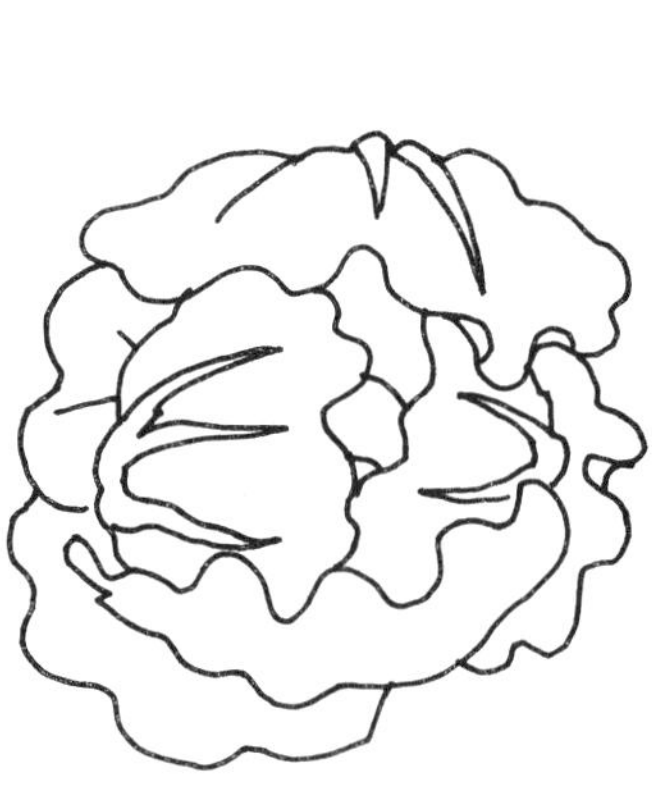

それでぼくたちはかきねをぬけて、レーナの家の庭にはいった。

「どうしてパパがいないの？」ぼくはまるでほんのついでというように、うんと早口で聞いた。

「いないはずないじゃないの」とレーナがこたえた。塀《へい》の上をうしろむきに、両腕《りょううで》をひろげてバランスをとりながら。ぼくはだんだんはなれていく、レーナのはきふるした靴《くつ》のつま先を見ていた。

「いるっていうなら、どこにいるの？」

どこにいるか、レーナは知らないのだそうだ。生まれる前に逃《に》げちゃったんだもの。

「逃《に》げちゃったって？」ぼくは腹《はら》が立って、大声で聞いた。

「あんた、耳聞こえないの？」

レーナがぼくをにらんだ。そして吐《は》きだすようにいった。「パパってもの、なんの役に立つっていうの？」

それにはどう返事していいかわからない。役に立つって、どういうことなんだ？

「なにかつくるじゃないか。塀《へい》とかさ」

レーナの家にはもう塀《へい》がある。

「それと、父親のすることって……ええと……」

ぼくは父親がなんの役に立つかなんてこと、本気で考えたこともなかった。なにか思いつけないかとつま先立《さきだ》ちでかきねまで行って、その向こうをながめた。パパは夏プロジェクトに精《せい》をだしている。顔がまっ赤《か》だ。父親が塀《へい》つくりにはとても役に立つ。そのことは見ればわかる。

でも、そのほかには？

「煮《に》たキャベツを食べる」しかたがないから、そういった。

レーナもぼくも煮《に》たキャベツはきらいだ。ぐちゃぐちゃだもの。こまったことにクネルト・マチルデの畑ではキャベツがどっさりできる。レーナのお母さんもぼくのママも、キャベツはぼくたちの体にいいと、しょっちゅういっている。パパはどうかというと、パパはなにもいわない。パパはぼくのキャベツを食べてくれる。ママが見ていないすきに、ぼくはそのぐちゃぐちゃをパパのお皿にさっと移《うつ》すのだ。

レーナは、ぼくのキャベツの話をわるくないと思ったらしい。塀《へい》の上に立っているレーナには、ぼくのパパがよく見える。そのまま片足立《かたあしだ》ちして、しばらくのあいだパパのようすをながめていた。

「そうねえ」といって、レーナはようやく跳《と》びおりた。

その日はあとになって、マグヌスが買い忘《わす》れたものを買い足しに、レーナといっしょに店へ行った。レーナのお母さんが働《はたら》いている店だ。お母さんはぼくたちが行ったとき、商品の数をかぞえていた。

「ハロー！」とお母さんがいった。

「ハロー」とぼくはこたえた。

レーナは片手《かたて》をふっただけ。

店から出て、ぼくたちはドアの外で立ちどまった。ドアの横の黒い板にはってある紙を見るためだ。ぼくたちはいつもそこに書いてあることを読む。この日はとくべつ大きな紙がはってあった。ぼくたちは近寄《ちかよ》ってながめた。


子犬求《もと》む。

雑種《ざっしゅ》でも可《か》。

部屋を汚《よご》さないしつけ済《ず》みにかぎる。

レーナはその文句《もんく》をじっくりと、何回も読んだ。

「犬ほしいの?」とぼくは聞いた。

「ううん。だけど、父親さがしも同じようにできるんじゃない? どう思う?」

マグヌスがレーナとぼくに新聞の案内広告《あんないこうこく》を見せてくれたことがある。交際相手《こうさいあいて》をさがす人たちが書く小さな欄《らん》だ。レーナはもう考えてみたことがあるんだって。パパがひとりほしいという広告《こうこく》を出してもいいものかどうか。でも、この方法《ほうほう》には欠点《けってん》もある。新聞だとだれが読むかわからないのだ。どろぼうだとか校長先生だとか、ぐあいのわるい人が名のりでたらこまる。この店にはりだすほうが安心できそう、というのがレーナの考えだ。だって、ここならどんな人が買い物にくるか、わかっているもの。

「あんたに書いてもらうわ、トリレ。すごく字がじょうずだから」と、もう一度店へ入って、紙とサインペンを買ってきたレーナがいった。

レーナのおさげの片方《かたほう》がゆがんでぶらさがっている。そのほかにおかしいところはどこにもない。

ぼくはなんとなく気がすすまなかった。

「なんて書けっていうの？」

レーナは店の前においてある台にもたれかかって、真剣《しんけん》そのものの感じで考えこんだ。「書いてよ。〈パパ求《もと》む〉って」

ぼくはため息が出た。「レーナ、ぼく思うんだけど、きみほんとに……」

「書いてったら！」

ぼくは肩《かた》をすくめ、いわれるように書いた。

それからレーナとしてはかなり長いあいだ、だまっていた。それから咳《せき》ばらいを一つしてから、大声ではっきりといった。

「やさしくて、煮《に》たキャベツが好《す》きであること。やさしくて煮《に》たキャベツが好《す》きならだれでも資格《しかく》があります」

ぼくは思わずまゆをひそめた。これはちょっとおかしくない？

「ねえレーナ、ほんとにキャベツのこと書かなくちゃだめ？」

「そうねえ。それ書くの、やっぱりおかしいかなあ。だけど、どうしたって、やさしくなくちゃだめ」

結局《けっきょく》ぼくが書いたのは、つぎのような文句《もんく》だ。

パパ求《もと》む。
とてもやさしくて
子ども好《ず》きなこと。

上のはしにレーナの名字《みょうじ》と電話番号を書いてから、レーナがその紙を犬さがしのすぐ下にはった。

「きみ、おかしいよ！」とぼくはいった。

「べつにおかしくないよ。このことではちょっぴりはずみがついちゃったってこと」

たしかに、おかしいと思わない人もいた。レーナの家へもどって三十分もすると、もう電話のベルが鳴った。はっきりいって、もし電話がかかってきたらどうするか、レーナに考えがあったとはぼくには思えない。とにかく電話は鳴りつづけた。

「電話に出なくてもいい？」ぼくはたまりかねて、小声でいった。

レーナがいやいやという感じで受話器《じゅわき》をとった。

「ハ、ハロー……？」

レーナが細い糸のようにたよりない声をだした。ぼくも受話器《じゅわき》に耳をよせて、いっしょに聞いた。

「ハロー。わたし、ヴェラ・ハンセンといいます。店に紙をはったのはあんたね？」

レーナは大きな目でぼくを見て、咳《せき》ばらいした。「ええと……まあ、そうです」

「よかった！　じゃあ、こっちのことをお話しするわね。彼《かれ》まだちょっと落ちつきがないのよ。でもねえ、ここ二週間は一度も家の中ではおしっこしなかったわ」

レーナが口をあんぐりさせた。

「おしっこは外ですか?」とびっくりした声で聞いた。

「そうよ。お行儀《ぎょうぎ》いいでしょ?」

ヴェラ・ハンセンの声はいかにも自慢《じまん》そうだ。よっぽど頭がどうかしている、とぼくは思った。家でおしっこしない父親だって! レーナも変《へん》な顔でぼくを見た。けれどもなんとか話をあわせなければと思ったらしい。また咳《せき》ばらいして、ちょっとぶあいそうな声でたずねた。

「煮《に》たキャベツはよろこんで食べますか?」

相手はしばらくのあいだ、だまったままだ。

「いいえ。とにかくまだ食べさせてみたことがないんですよ。あの、ママは家にいる? ママだって、なにか言いたいことあると思うの。ね、そうでしょ?」

レーナはうつむいて自分の膝《ひざ》のあたりに目をむけている。おしまいにヴェラ・ハンセンが、夕方五時に彼《かれ》を連《つ》れてくると言いだした。「そしたら、あんたたちに見てもらえますからね。そのほうが話が早いと思うのよ」

電話を切ったあと、レーナはじっとうごかず、目を宙《ちゅう》にむけていた。しばらくしてから、ようやくいった。

「あんたのパパ、外でおしっこする？」

「ほんのたまにだけどね」

レーナは腹《はら》ばいになって、額《ひたい》で床《ゆか》をこんこんたたいた。

「ああ、こまった！　ママ、なんていうかしら？」


それはまもなくわかった。というのはそれからじきに、ひらいたドアが壁《かべ》にたたきつけられるものすごい音がして、レーナのお母さんが入ってきたのだ。手にあの紙をもって、まっ赤《か》な顔をして。お母さんはレーナにとてもよく似《に》ている。

「レーナ・リート！　これはなに？」

レーナは腹《はら》ばいのままうごかない。

「返事しなさい！　あんた、ほんとに頭どうにかなってしまったってこと？」

返事しろといわれても、レーナには返事のしようがない。それはぼくにもわかる。

「レーナは走りだした車になっちゃって、急にはとまれなかったんです」とぼくが代わって説《せつ》明《めい》した。

レーナのお母さんは、もう長いことレーナのお母さんをやっている。だからこんなことですぐにひどいショックをうけるということはない。ぼくはレーナのお母さんをながめながら、結《けっ》婚《こん》したい男はいっぱいいいるだろうなと考えた。お母さんは片方《かたほう》の小鼻《こばな》に銀の玉のピアスをしている。

「もう、こんなこと二度としません」とレーナが顔もあげずにいった。

レーナのお母さんはレーナの前にすわった。この家ではよく床《ゆか》にすわるのだ。

「もういいわよ。紙はわたしがはがしてきたから。書いてあることをだれかが見る前で、ほんとによかった！」

レーナのお母さんは、もう笑《わら》い顔《がお》になりかけている。

ぼくは、今のうちにいっておいたほうがいいだろうと、もう一度口をはさんだ。

「ヴェラ・ハンセンという人が五時にくるっていってました」

レーナのお母さんは午後じゅうかかって、十七回ヴェラ・ハンセンに連絡《れんらく》をとろうとした。電話にはだれも出ない。時間はどんどんすぎる。五時十五分前には、ぼくたち三人そろってキッチンのテーブルにすわって、ヴェラ・ハンセンの訪問《ほうもん》を待った。長い針《はり》が一分一分とすすんで12をさした。

「あんたたちのいうことって、信用《しんよう》できないわ」とレーナのお母さんがいった。

そのとき、ベルが鳴った。

玄関《げんかん》の前に、赤いブラウスを着た女の人がにこにこして立っていた。ぼくたちはその婦人《ふじん》の横やうしろをうかがった。パパらしい人間の影《かげ》もない。でも、まだ、いないときまったものでもない。どこかのすみでおしっこしているかもしれないのだから。

「こんにちは、ヴェラ・ハンセンさんですか」とレーナのお母さんがいった。

「はい、そうです。こんにちは！　おや、わたしがどんなのを連《つ》れてきたかと、顔をそろえて待っていたのね！」ヴェラ・ハンセンはさけぶようにいった。

レーナのお母さんは笑《わら》おうとした。しかしうまくいかない。

「わたしたち、思いなおしたんです」とレーナがどもっていった。しかし、ヴェラ・ハンセンはさっさと車のほうへ歩きだしている。歩きだしたらとまらない女の人っているものだ。

レーナもやっぱり、とまらないたちだ。この点ではだれにもひけをとらない。段《だん》だんを跳《と》びおりて、ヴェラの前へまわった。

「わたしたち、そんな人ほしくないんです。外でおしっこさせといてください！」

そのとき車の中から、低《ひく》い、おどおどした鳴き声が聞こえてきた。

「イヌ？」とレーナが小声でいった。

「そう」ヴェラ・ハンセンがまゆをひそめた。「あんた、イヌがほしかったんでしょう？」

レーナが口をぽかんとあけた。とじた。またあけた。それを二、三度くりかえした。

「ううん、わたしがほしかったのは……」

「まあ、チンチラ」レーナのお母さんが戸口《とぐち》でさけんだ。

ヴェラ・ハンセンさんが連《つ》れてきた子イヌは、チンチラなんて変《へん》な名前に似合《にあ》わず、すごくかわいい。レーナはどうしてもほしいと言いはった。でも、なんでも思いどおりになると思ったら大まちがい。それはお母さんがいったことばだ。


お母さんはそのあと、しばらくのあいだ、モーターバイクをいじりまわした。気持ちを落ちつかせるためだ。レーナとぼくは洗《せん》たく機《き》の上にすわって、それをながめた。お母さんがときどき、工具をとってとぼくたちに頼《たの》んだ。そのほかには、だれもなにもいわなかった。

「やたらに紙をはってはだめなのよ」おしまいにお母さんがいった。「あんた、一度でも考えてみたことある？　だれがそのへんを歩きまわっているか知れやしないってこと」

ぼくは店で買い物をしていた独身男性《どくしんだんせい》らしいだれかれを思いうかべた。

「それに、うちには父親の居場所《いばしょ》だってありませんからね」レーナのお母さんがモーターバイクの下でいった。

それにはレーナはなっとくしない。地下室に空きをつくればいいじゃないのと。

「男なら十分たりてるでしょ。だって、トリレがいるもの」とレーナの母親がぼくたちを見あげていった。

レーナがそんなおかしな話、聞いたこともないと言いかえした。「トリレが男だって！」

ぼくは聞いてみた。「じゃあ、ぼくはなに？」

「あんたはおとなりさん」

ふうん、それはそうだ。だけど、ぼくとしては〈一番の親友〉といってもらいたかった。

釣《つ》りあげワッフル

このあたりのおとなのほとんどが、地域《ちいき》の混声合唱団《こんせいがっしょうだん》に入ってうたっている。パパは混声合唱団《こんせいがっしょうだん》とは歌がじょうずな人も、あまりじょうずでない人も、混《ま》じりあってうたう合唱団《がっしょうだん》という意味だ、としょっちゅういっている。パパはその合唱団《がっしょうだん》の指揮者《しきしゃ》で、みんなにできるかぎりきれいにうたってもらおうと苦心している。

夏には合唱団《がっしょうだん》の大会がある。パパたちの混声合唱団《こんせいがっしょうだん》もフェリーで出かけ、ほかの混声合唱団《こんせいがっしょうだん》といっしょにその大会に参加《さんか》する。そのときはほかの合唱団《がっしょうだん》とも合同したりして、一週間ぶっつづけでうたう。合唱《がっしょう》大会はとても盛《も》りあがって楽しいので、みんなは数週間も前からとても楽しみにしている。

子どもたちにとっても、この合唱《がっしょう》大会は楽しみだ。というのはおじいちゃんのほかは、おと

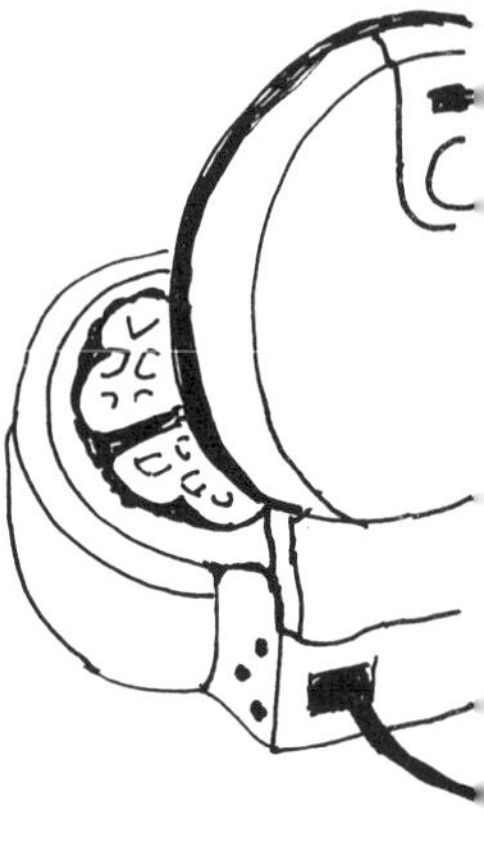

なたちがまるまる一週間、だれもいなくなるからだ。ママはこれを、クネルト・マチルデの非《ひ》常事態《じょうじたい》だと思っている。

この夏は間《ま》のわるいことに、ミンダだけでなくマグヌスまで週末《しゅうまつ》の休暇合宿《きゅうかがっしゅく》に行くことが急にきまった。だから入《い》り江《え》にのこるのは、ぼくたち小さな子どもとおじいちゃんだけということになった。

「さて、なにかありそうだなあ」そのことを聞いたおじいちゃんが、にやっと笑《わら》った。

それを聞いたママがもんくをいった。「まあ、ラルスったら。わたし、心臓発作《しんぞうほっさ》をおこしますよ」

ママは、おとなたちがいないあいだにぼくたちがなにをしでかすかわからないと思うと心配でたまらないから、いっそ合唱《がっしょう》大会に行くのをやめようかしら、と言いだした。

レーナはその反対。大よろこびだ。ぼくのおじいちゃんは、レーナにとってもとびっきりのベビーシッターだから。

夕方、レーナとお母さんがおとなの留守《るす》のあいだのことを話しあうために、うちへ来たとき、レーナはいったものだ。

「おじいちゃんが死にかけたカラスみたいな声でうたう人で、ほんとによかった！」

ママたちの話は長くなった。レーナとクレラ、ぼくはたっぷりと念入《ねんい》りに、おとなたちがいないあいだに気をつけることを言いわたされた。行儀《ぎょうぎ》よくしてとんでもないことをしない、ロープわたりのようなことはもってのほかなどと。ぼくたちがすむと、つぎはおじいちゃんの番だ。

「子どもたちがボート遊びをするときは、救命《きゅうめい》チョッキを着ているかどうか見てください。自転車に乗るときはヘルメットをかぶらなくてはなりません。パンは冷凍庫《れいとうこ》です。親たちの携帯《けいたい》番号は電話の上にはってあります……」

ママはしゃべりにしゃべり、おじいちゃんはうなずきをくりかえした。

「……それにね、おじいさん、小さな孫《まご》のどちらも、それからおとなりさんも、オートバイの荷箱《にばこ》に乗せて走るのは、ぜったいだめです」おしまいにママがいったとき、おじいちゃんはもううなずかなかった。ぜったいに、手を背中《せなか》にまわして、そこで両方の人さし指を×印《じるし》にクロスさせていたと、ぼくはにらんでいる。

明くる朝、太陽は八時五分前にぼくの部屋の窓《まど》からさしこんで、鼻をくすぐった。太陽の光といっしょに部屋の中に流れこんでくるのは魚とコーヒーのにおいだ。おじいちゃんのにおい！　海を見わたすと、青い水面で小さな波がゆれている。下へかけおりると、レーナとクレラがもうテーブルにむかって魚とマヨネーズをのせたパンを食べている。ネコたちもいる。おじいちゃんとはメニューの好《この》みがいっしょだから。おじいちゃんはぼくのパンに、まるでチーズスプレッドくらいたっぷりとバターをぬってくれた。

「さあ、さっさと食べて、出かけるからな、トリレ。ひとっぱしりするんだよ。うちの中ばかりにいては、嫁《よめ》さんも見つからん！」

こんな冗談《じょうだん》が出るのは、上機嫌《じょうきげん》のときのおじいちゃんのくせだ。

おじいちゃんのオートバイは、オート三輪《さんりん》を前後逆《ぜんごぎゃく》にしたような形だ。前に大きな荷台があって、そこに箱を載《の》せている。おじいちゃんはいつもその箱に物を入れてはこんでいるのだが、合唱《がっしょう》大会の期間中は孫《まご》たちとおとなりさんも乗せてもらえる。第一日目の仕事はおじいちゃんが注文していたペンキ二缶《かん》をとりにいくことだ。ペンキはフェリーではこばれてくることになっている。

　ぼくたちはペンキの缶《かん》には金貨《きんか》がいっぱいに詰《つ》まっていることにした。クネルト王国のエージェントはその金貨《きんか》をクネルト・マチルデ領内《りようない》にかくしておかなければならない。凶悪《きようあく》なバルタザールの一味《いちみ》が、それを手に入れようとねらっているのだ。

「盗賊《とうぞく》の首領《しゆりよう》バルタザールは、あらゆる手段《しゆだん》をつくして金貨《きんか》を我《わ》が物《もの》にしようとたくらんでいる」ぼくは目をぎゅっと細めていった。

「バルタザールは生きたままウサギを食う」とレーナがささやいて、うなずいた。

「それからお魚」と目をまん丸にしてクレラがつけくわえた。

　おじいちゃんのオートバイはフェリーの船着《ふなつ》き場《ば》までの危険《きけん》な道をまっしぐらにくだる。そのオートバイの荷箱《にばこ》に、子どもたちがそれぞれ水鉄砲《みずでつぽう》で武装《ぶそう》してひそんでいようとは、もしママがいても気がつかなかったにちがいない。ぼくたちは箱の底《そこ》にしゃがみこみ、カバーをすっぽりとかぶっているのだ。

　おじいちゃんのオートバイは右に左にゆれた。おじいちゃんといっしょにオートバイに乗ると、舌《した》をかみそうになる。ぼくはすごく興奮《こうふん》したせいで脚《あし》が痛《いた》くなった。オートバイがようやくとまった。エージェントのレーナがカバーをかきわけた。船着《ふなつ》き場《ば》の風でカバーがぱたぱたと鳴った。

「突《つ》っこめ！」とさけんで、レーナが身《み》ぶりよろしく、ピストルを船着《ふなつ》き場《ば》にむけた。

フェリーに乗る人は、ふつうはあまりたくさんではない。

フェリーはパパの職場《しょくば》だ。ぼくたちも何回も乗せてもらったことがある。だからぼくはフェリーのことはよく知っている。今日も車が四、五台、それと船員のビルガーくらいのものだろうと思っていた。

ところが、それはとんだ見こみちがいだった。このあたりの農園の一つで、なにか祝《いわ》いごとでもあるらしい。二十人ではきかない年配《ねんぱい》の婦人《ふじん》たちが船着《ふなつ》き場《ば》に立っていて、レーナとぼくにびっくりした目をむけた。

「ありゃあ……」とおじいちゃんがつぶやいた。「走れ！　大いそぎで缶《かん》をもってくるんだ！」

ぼくは必死《ひっし》で花模様《はなもよう》のブラウスをかきわけ、船員のビルガーとペンキの缶《かん》までたどりついた。

「ど、どうも」ぼくはあまりエージェントらしくない声でいって、缶《かん》をビルガーの手からひったくった。はるか向こうでちびエージェントのクレラがさけぶのが聞こえた。

「パン、パン、パン」

クレラの鉄砲《てっぽう》の先は、気《き》の毒《どく》などこかのおばあさんにむけられていた。

金貨《きんか》受けとりというエージェントの任務《にんむ》がすんで、レーナが小声でいった。

「バルタザール一味《いちみ》の勢《せい》ぞろいだね」

「なに、あそこに見えるのはバッケンちのマリーとオルランちのロヴィスだよ。わしといっしょに堅信礼《けんしんれい》の授業《じゅぎょう》をうけた連中《れんちゅう》さ」とつぶやいて、おじいちゃんはそちらにうなずき、あいさつしたのだった。ぼくたちのちびエージェントが「パンパンパン」をいつまでもやめないので、レーナが箱の中へひっぱりこんだ。箱がぎしぎし鳴った。おじいちゃんがエンジンをかけ、クネルト・マチルデ砦《とりで》まで逃《に》げもどることになった。箱のゆれは来たときよりすごい。ぼくはまるでキッチンのミキサーに入っているような気分だった。しばらくすると、レーナがもうカバーをとってもだいじょうぶといった。

まぶしくて、目をぱちぱちせずにいられなかった。おじいちゃんはぐっと前かがみになって、エンジンを全開《ぜんかい》させている。ときどき、ちらとうしろをふりむく。ぼくもうしろを見て、ぼく

たちがカーチェイスのまっ最中《さいちゅう》だと気がついた。おじいちゃんは道に出て走っているのだが、このあたりの道はせまい。車はおじいちゃんを追いこすことができない。おじいちゃんがどれだけ速く走ろうとしても、スピードは知れたものだ。ぼくたちのうしろに、祝《いわ》いごとにむかうフェリーの車が数珠《じゅず》つなぎになっている。どの車もやかましくクラクションを鳴らしつづけだ。ぼくたちは長いカーニバルの行列を先導《せんどう》しているようなものだ。おじいちゃんがヘルメットの下でにやにやしているのを、ぼくは見てしまった。昔の同級生をからかって、おもしろがっているらしい。

「しっかりつかまってろ!」とおじいちゃんが突然《とつぜん》さけんだ。「近道に入るからな!」

おじいちゃんが左へ急角度《きゅうかくど》にまがり、古い農道に入った。畑をとおってうちのほうへつづく道だ。箱は跳《は》ねあがり、また落ちる。あまり激《はげ》しくゆさぶられて、外へほうりだされるのではないかと心配になった。

「やったぜ!」おじいちゃんが空き地をつっ走って、急ブレーキで砂利《じゃり》を跳《は》ねあげたとき、レーナがさけんだ。

ぶじに家へついた。ぼくたちは家を砦《とりで》にしてかためた。指揮《しき》をとったのは、麺棒《めんぼう》をベルトにはさんだおじいちゃんだ。ペンキの缶《かん》は居間《いま》のまん中において、バルタザールの一味《いちみ》が入ってこられないように、家じゅうのドアにバリケードをきずいた。バリケードには部屋の中の家具を使った。どろぼう一味《いちみ》を見張《みは》る役のクレラはその間じゅう、大声でわめいていた。砦《とりで》の準備《じゅんび》ができて、みんなで窓《まど》からピストルを発射《はっしゃ》するまねをした。おじいちゃんが剣《けん》のつもりの麺棒《めんぼう》をふりまわすと、クレラが興奮《こうふん》してきいきい声をはりあげた。まるで泣《な》いているみたいだ。

「合唱《がっしょう》大会って、ほんとにいいものだね」とぼくはレーナにいった。

レーナがこたえた。

「だれかがほんとにここへ攻《せ》めこんだら、もっとずっとおもしろいのに」

そのとき、おじいちゃんが、大《おお》おばちゃんを午後のコーヒーに呼《よ》ぼうと言いだした。

「どろぼう一味《いちみ》の頭目《とうもく》ばあさんだ」とレーナがささやいた。ぼくたちはミンダの部屋の窓《まど》ぎわ、机《つくえ》の上にのってそっと窓《まど》から見おろしている。大《おお》おばちゃんの頭がぼくたちの真下《ました》に見える。大《おお》おばちゃんがベルを鳴らした。レーナがカーテンをわきへよせ、ぼくたちは窓《まど》からピストルをつきだした。

「一歩《いっぽ》も中へ入らせないぞ！」レーナがこわい声でいった。大《おお》おばちゃんがびっくりして上を見あげた。

「ちょっと、トリレ。あけてくれないの？」

ぼくは早口で、大《おお》おばちゃんはどろぼう一味《いちみ》の女頭目《おんなとうもく》なのだと説明《せつめい》した。大《おお》おばちゃんは首をひねりながら、バッグを下においた。そのバッグのかくしポケットにはキャンディーが入っているはずだ。

「おじいちゃんは？」としばらく間をおいて、大《おお》おばちゃんがたずねた。

玄関《げんかん》のすぐ横のバスルームの小窓《こまど》から、麺棒《めんぼう》の先がつき出た。

「あきらめて退散《たいさん》することだな、女バルタザールめ！」おじいちゃんがシャワーキャビンがゆれるほどの大声でどなった。

大《おお》おばちゃんはそのままちょっと立っていた。

しかし、「あんたたちをみんな、いぶしだすからね」といって、さっさとどこかへ行ってしまった。

しばらくたった。ぼくたちは大《おお》おばちゃんをどこにも見つけることができない。レーナが、もう家へ帰ったんじゃないのといった。しかしおじいちゃんは、きっとどこかに身《み》をひそめているにちがいない、油断《ゆだん》するなといった。それに、もう帰るバスもないしなと。

突然《とつぜん》、どこからかいいにおいがただよってきた。ぼくは、はっとして階段《かいだん》をかけあがり、二階のロープわたり窓《まど》に走《はし》り寄《よ》った。レーナがすぐあとにつづいた。

「くやしい！　大《おお》おばちゃん、ワッフル焼《や》いてる！」とレーナがさけんだ。

大《おお》おばちゃんはレーナの家の庭にガーデンテーブルとワッフル焼《や》き器《き》をひろげている。長い電気コードがキッチンの窓《まど》からテーブルまでのびている。

レーナが、くやしいくやしいとくりかえす。「大《おお》おばちゃん、わたしのうちへ押《お》しこみをやったんだ」

たしかにレーナのいうとおりにちがいない。

ガーデンテーブルの上には、もう何枚《なんまい》もワッフルが積《つ》みあげられている。大《おお》おばちゃんは、そのにおいをこっちの窓《まど》へ送ろうとして、ときどきハンカチであおっている。ぼくもくやしくて、歯《は》ぎしりした。ぼくたちはまるで教会の中にいるようにひっそりと、ワッフルの山が高くなっていくのをながめた。おじいちゃんまであきらめた顔で床《ゆか》にすわりこみ、窓《まど》からのぞいて見ているだけ。みんなは小さなクレラのことをうっかり忘《わす》れていた。ふと気がつくと、クレラがとことこと庭にあらわれたではないか！　大《おお》おばちゃんはよろこんでクレラを抱《だ》きしめ、自分のそばにすわらせた。それから焼《や》きたてぱりぱりのワッフルにバターをぬり、砂糖《さとう》をどっさりふりかけた。ぼくは涙《なみだ》が出そうになった。ぼくもあのワッフルがほしい！

「こうさんしよう」レーナがきっぱりといった。

「だめだめ、くそいまいましい！」とおじいちゃんがどなった。このことばは、大《おお》おばちゃんがおじいちゃんに、子どもに聞こえるところで使ってはいけないといつもいっていることばなのだけれど。おじいちゃんはぼくに言いつけた。

「いそいで地下へおりて、釣《つ》りざおをもっておいで、トリレ」

おじいちゃんはレーナの家へ電話をかけた。大《おお》おばちゃんが電話のコールを聞きつけて、ぼくたちのほうを見あげた。

「出たほうがいい？」とレーナに聞いた。レーナが何度もうなずいた。

大《おお》おばちゃんはワッフル焼《や》き器《き》からワッフルをだしておいて、家の中へ入っていった。

「もしもし、こちら腰《こし》の骨手術《ほねしゅじゅつ》を経験《けいけん》した者たちの会ですが」おじいちゃんがうんと高い声をつくっていった。「ひょっとして私《わたくし》どものあつかっております垢《あか》こすりをお買いあげいただけるかどうか、おうかがいしたくお電話しております」

おじいちゃんがしゃべりながら、窓《まど》のほうをさししめした。大《おお》おばちゃんにはそんなものを買うつもりなどないのだから、ぼくたちはぐずぐずしていられない。

「ちょっと！　クレラ！」ぼくは小声で呼《よ》んで、釣《つ》り糸《いと》をなげた。

釣《つ》り針《ばり》にワッフルをひっかけろという意味だとは、クレラはすぐには気がつかない。まだ小さいのだから無理《むり》もない。ぼくたちはやっきになって説明《せつめい》したけれど、おじいちゃんが電話をおき、大《おお》おばちゃんが出てくるまでに、ワッフルはたった二枚《まい》釣《つ》りあげられただけだ。ワッフルが窓《まど》わくにあがってくると、さっそくレーナが一枚《まい》食べた。

「分けあわなくちゃだめだよ！」とぼくはさけんだ。

「二枚《まい》を三人で分けるなんてことできないでしょ、トリレ」口をいっぱいにしながらレーナがいった。

おじいちゃんとぼくとで残《のこ》りの一枚《まい》を分けるしかなかった。庭ではクレラがもう五枚《まい》目に手をのばしたところだ。

十分後におじいちゃんが枕《まくら》カバーをほうきの先にしばりつけ、白旗《しろはた》として窓《まど》からつきだした。

ぼくたちはこうさんした。


襲撃《しゅうげき》ごっこはおもしろい。でも平和のほうがずっと楽しい。みんなで庭にすわり、大《おお》おばちゃんの世界一おいしいワッフルを食べながら、ぼくはそう思った。

「弟と姉さんなのに、おじいさんはこんなにやせっぽち、大《おお》おばちゃんはこんなにおでぶさん。それはどうして?」レーナが口をうごかしながら大《おお》おばちゃんに聞いた。

「小さいとき、わしの食べる分までこの人が横取《よこど》りしてしまったからだよ」とおじいちゃんがいって、ひょいと体をすくめた。大《おお》おばちゃんがハンカチでおじいちゃんをたたこうとしたからだ。

「昔はこんなに太ってはいなかったんだよ、レーナちゃん」と大《おお》おばちゃんがいった。

「じゃあ、どのくらいだった?」とレーナがたずねた。

そこで、その夜の昔話がはじまった。

大《おお》おばちゃんはすらっとして映画女優《えいがじょゆう》みたいにきれいだったのだそうだ。結婚《けっこん》したい男たちがあんまり大勢《おおぜい》おしかけてくるので、おじいちゃんはパチンコをもって屋根で待ちかまえたんだって。くる男たちに玉をあてて追いかえすために。それに、そのころはおじいちゃんが覚《おぼ》えているかぎりでは、だれもあまり太っていなかった。食べるものがジャガイモと魚しかなかったから。クリスマスのときだけミカンがあったけどな。戦争《せんそう》でないときにはだけど。戦争中《せんそうちゅう》にはそれもなかった……。

ぼくたちがベッドに入る少し前、ママが電話してきて、子どもたちはどうだったかをたずねた。おじいちゃんは、子どもたちもおとなも、もんくのつけどころがないほどおとなしくすごした、と返事した。

「わしたちで、昔のことをいろいろ話してやって、いっしょにワッフルを食べたのさ」

ぼくとレーナはそばでにやにやしていた。

「ちょっとだけ、クレラに代わってもらえません？」とママがいった。

おじいちゃんはちょっとまごつき、しかたなく電話をまわした。

「オートバイで走ったなんていったらだめだよ」とぼくはささやいた。

クレラはうなずき、受話器《じゅわき》をうけとって、緊張《きんちょう》した顔で耳にあてた。

「ねえ、いい子ちゃん、今日はなにをしたの？」とママの声がいった。

おじいちゃんは小さい孫《まご》の前にしゃがんで、両手をあわせた。クレラはそんなおじいちゃんをふしぎそうな目で見た。

「あたい、オートバイなんかで走らなかった」とクレラがはっきりした声でいった。

おじいちゃんは手をおろし、ためていた息をふうっと吐《は》いた。ママもきっと、合唱《がっしょう》大会の会場で、ほっとしたと思う。

「まあ、よかったこと」とママがやさしい声でいった。「じゃあ、なにをしたのかママにおしえてちょうだい、おちびちゃん」

「あたい、みんなといっしょにオートバイの中ですわっていたの」

イザク

レーナの誕生日《たんじょうび》はほかの人たちと同じように、一年に一度だけだ。だけど、もっとたくさんあればいいのにと考える人は多いんじゃないの、とレーナはよくいっている。

そのレーナの誕生日《たんじょうび》がもうすぐだ。

「ねえ、ちょっと考えてみてよ。わたし、七月九日に九歳《さい》になるのよ！」とレーナがうれしそうにいった。

レーナのお母さんは合唱《がっしょう》大会からもどると、せっせと果物《くだもの》をかわかしはじめた。それを芸術《げいじゅつ》作品の材料《ざいりょう》にするつもりなのだ。レーナとぼくは食べるだけだけれど。

「ねえ、ちょっと考えてみてよ。プレゼントにはなにがほしい？」とお母さんがたずねた。

「パパをひとり」

レーナのお母さんがため息をついた。「ママはプレゼントのことをいっているのよ。きれいに包装《ほうそう》したパパとか、商品券《しょうひんけん》になったパパなんて聞いたこともない」

そしてまたいった。「ねえ、レーナちゃん。プレゼントらしいプレゼント、なにかほしいものはない？」

レーナがううんと首をふった。ほしいものはなにもないそうだ。しかし、ぼくたちが外へ出て段《だん》だんのところまで行ったときレーナは立ちどまった。また玄関《げんかん》を少しだけあけて、中へむかってさけんだ。「自転車！」

レーナは誕生日《たんじょうび》にクラスのみんなを呼《よ》んでいた。男子八人とぼくだ。ぼくはかなり早めにレーナの家へ行ってみた。ケーキがたっぷり焼《や》いてあるかどうか確《たし》かめようと思ったのだ。

ドアをあけたのはレーナのお母さんだ。「トリレ、あんたが来てくれてよかったわ。あんたなら、あの子の機嫌《きげん》をなおしてくれそうだもの」

ぼくはどういうことだろうと思いながら、中へ入った。

レーナはソファーで横になっていた。見るからにぐったりしている。

「病気なの？」ぼくはびっくりして聞いた。

「そうよ、病気！　おなかに点てんができちゃった！」とレーナがさけんだ。まるでぼくのせいだとでもいうように。「うつされるのが心配でだれも来てくれないって。だってせっかくの夏休みだもの！」

レーナが枕《まくら》を壁《かべ》にむかって投げつけた。かかっている絵がみなゆれた。

なんてことだ！

「ああ、レーナ」かわいそうになって、ぼくはいった。

しばらくするとママが来た。ぼくがお祝《いわ》い支度《じたく》のじゃまをしているのではないかと気になったらしい。

「まあ、レーナ。どうしたの？　ぐあいがわるいみたいね」とママも聞いて、ソファーのはしに腰《こし》をおろした。ママは子どもをたくさん育てたから、病気にはくわしいのだ。

「どういうことなんでしょうね、カリ？」レーナのお母さんがお茶をもってきていった。

水《みず》ぼうそうみたいね、とママがいった。そして、ぼくが水《みず》ぼうそうにかかったのは三歳《さい》のときだったと話した。水《みず》ぼうそうは一度かかれば、もう二度とかからないそうだ。それなら、ぼくはうつる心配はないから、ぼくだけは来てもいいのだ。レーナがいいといえばだけれど。

レーナがいいといったので、ぼくはいいズボンをはいて、プレゼントをもって、レーナをたずねた。プレゼントはクロケットゲームのセットだ。レーナには気に入ってもらえたと思う。

レーナがいうには、クロケットのラケットはなんにでも使えるそうだ。

すてきなお祝《いわ》いだった。レーナのお母さんが居間《いま》にレーナのベッドをおき、レーナはその上にすわって、まるで女王さまのように、あれこれ命令《めいれい》した。レーナとぼくはＤＶＤ《ディーブイディー》を見、ケーキはふたりでたいらげた。レーナは一度だけ水《みず》ぼうそうについてかんしゃくをおこし、かべにシナモンケーキを投げつけた。

「あんたって、どうしてこうも突然《とつぜん》かんしゃくを破裂《はれつ》させずにいられないの？」とレーナのお母さんがため息をついた。

夜に入ると主役の病気はだんだんひどくなって、ぼくはもう家へ帰ったほうがいいのではないかと思った。しかし、ぼくがそういっても、レーナは承知《しょうち》しない。お祝《いわ》いは九時までの予定なのに、たったひとりのお客が七時半に逃《に》げだしたのではお話にもならない、というのだ。

ぼくはしかたなく、すっぽりと毛布《もうふ》をかぶって眠《ねむ》ってしまったレーナのそばで、ケーキをもう一切れ食べた。

「救急《きゅうきゅう》センターに電話したのよ」とレーナのお母さんがぼくにささやいた。「そこのお医者さんがね、フィヨルドのこっち側《がわ》へまわる予定があるからついでに寄《よ》ってくれるって」

それからじきに、ノックが聞こえた。ぼくは首をのばして、玄関《げんかん》のようすをうかがった。医者は男でかなり若《わか》い。やさしそうに見える。おとなたちはあいさつを交《か》わし、そのまま入り口で話しあっていた。医者は居間《いま》へ入るとき、またふりむいてレーナのお母さんに笑《わら》いかけたので、敷居《しきい》につまずいて、その勢《いきお》いで部屋へとびこむかたちになった。体勢《たいせい》をとりなおしたところで、医者がぼくにたずねた。

「病人というのはきみかな？」

「ちがいます。ぼくならもうすんでいます」ぼくはちょっと得意《とくい》な気分で言い、ベッドのレーナを指さしておしえた。そういわなければ、医者はレーナの上にどしんと腰《こし》をおろしていたかもしれない。そうなったら、きっとものすごい悲鳴《ひめい》があがったことだろう！

医者はレーナの横にこしかけ、そっとレーナの肩《かた》に手をやった。レーナはまず半分目をさまし、それからはっきりと目をさました。そしてその男が空中に突然《とつぜん》あらわれたとでもいうように、まじまじとながめた。目をこすり、あらためてまたながめた。それから大きく息をすいこんで、うれしそうにさけんだ。

「パパ！」

ぼくのスプーンにのっていたケーキがすべって皿におちた。

「ママ、わたし、もう自転車もらっちゃってるのに！」レーナは点てんができていて、熱《ねつ》があって、気分もわるいはずなのに、顔じゅうをかがやかせて大声でいった。

「ええと……。ぼくはお医者なんだけど」と医者がこまって、どもりながらいった。

「ママ、おまけにお医者さんやってるんだって！　べんりねえ！」

レーナのお母さんがキッチンからかけこんできた。

「レーナ、この人はお医者さんだけやってるんだよ」ぼくは説明《せつめい》しながら、笑《わら》ってしまった。笑《わら》いをかくそうとしても、かくし場所がわからない。出てくるものはとめようがないのだ。レ

ーナがかんかんに腹《はら》を立てるにきまっていると、かくごをきめた。しかし今のレーナは熱《ねつ》や水《みず》ぼうそうでぐったりして、かんかんに腹《はら》を立てる力もないようだった。だまって毛布《もうふ》を頭からかぶり、重いふくろのようにベッドの中にずりこんでしまった。

レーナの診察《しんさつ》がすんでも、つぎのフェリーまでまだ一時間もあった。医者の名前はイザクで、まだ医者になったばかり。病気の見立《みた》てちがいをしないかと心配なのだそうだ。

「だけど、わたしはほんとに水《みず》ぼうそうなんでしょ?」とレーナがたずねた。

そのとおり、とイザクはいった。「まちがいなく水《みず》ぼうそうだよ」

帰ろうとしたイザクが、洗濯場《せんたくば》にモーターバイクがあるのに気がついた。イザクもモーターバイクをもっているそうで、おとなたちはモーターバイクについて立ち話をはじめた。長話のきりがついたのは、つぎのフェリーが行ってしまったあとだった。

イザクがようやく帰ったあとで、レーナが満足《まんぞく》そうにいった。

「とってもいい誕生日祝《たんじょうびいわ》いだったね」

お母さんはちょっとにんまり笑《わら》って、うなずいた。

真夏《まなつ》の〈きよしこの夜〉

レーナは病気もなおって、また元気になった。起きて歩けるようになると、ゴールキーパーになると言いだした。病気のあいだにテレビでサッカーの試合《しあい》を見て、そうきめたらしい。

「ゴールキーパーってね、試合《しあい》をきめる主役なのよ、トリレ。試合《しあい》のあいだじゅう、チームのみんなにあっちへ行けとか、こっちだとか声をかけるんだもの」

レーナがゴールキーパーというのもいいかもしれない、とぼくは思った。レーナはぼくたちのサッカーチームでただひとりの女子で、理由がなくてもやたらに機嫌《きげん》がわるくなる。ことに機嫌《きげん》がわるくなるのは、チームの男子についてだ。レーナによれば、自分はとんまばかりのチームでゲームしているのだそうだ。

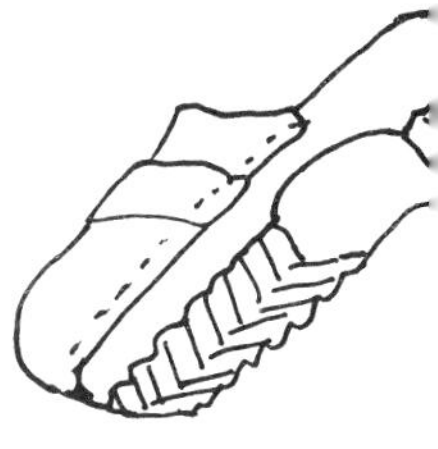

休暇《きゅうか》のあいだはサッカーの練習もゲームもない。しかしレーナとぼくはよくサッカーをする。取り入れがすんで裸《はだか》になった畑は、ことにサッカー向きだ。しかし、ここで問題がおきた。ボールがなくなってしまったのだ。どこをさがしても見つからない。ママに新しいボールを買ってほしいと頼《たの》むしかなくなった。

「だめよ、トリレ。あんたがそういうのは、今年になって二回目よね。また新しいのなんて、だめだめ」

「だけど、ボールがいるんだよ、ママ！」とぼくはいった。

「じゃあ、あんたが買えばいいじゃないの」とママがいった。

ビンボウ人には大問題なのに、おとなはかんたんにそういう言い方をする。

マグヌスはハンモックに寝《ね》ころんで、ケイタイゲームをやっていた。マグヌスはいつも金持ちだ。休みのあいだじゅう、友だちといっしょに毎日町へくりだしている。歩行者《ほこうしゃ》ゾーンで音楽をやると、足元においた帽子《ぼうし》に人びとがお金を投げてくれる。ぼくはマグヌスの顔を見ているあいだに心をきめた。ぼくも町へ行くとしよう。でも、それにはどうしたって、レーナもいっしょに来てくれなくては。

ぼくはレーナのところへ行って、計画を話してみた。

「ふたりで行って歌をうたえば、みんなが聴《き》いてくれると思うわけ?」とレーナが聞いた。

レーナはちょうど朝食中だった。家にひとりでいるときだけの、およそ不健康《ふけんこう》なレーナ特別《とくべつ》メニューだ。つまりスナックだけ。

「それよりなんか楽器《がっき》をやらなくちゃだめだよ」と食べものを口にはこぶ合間《あいま》にレーナがいった。「楽器《がっき》なしじゃあ、だれもお金をくれないよ」

「楽器《がっき》でぼくたちができるのはブロック笛だけじゃないか」とぼくはいった。

「ブロック笛だって、わるくないよ」とレーナがきっぱりと言い、そこで話はまとまった。

まず練習しなければ。ぼくたちが笛を吹《ふ》いたのはずいぶん前のことで、まだ笛をもっていることさえ忘《わす》れかけていた。ぼくたちはうちのキッチンで練習をはじめた。ところがしばらくすると、ママがどうしても聞きたいラジオ番組があるから、どこかよそへ行ってと言いだした。居間《いま》へ行って、音を一つだしたところで、パパがきれいな音だけれど、木曜日にはそんな高い音は、頭がごめんだといっているといった。おじいちゃんのところへ行くと、おじいちゃんの補聴器《ほちょうき》が笛の音をひろってピーピーと鳴りだし、そこにもいられなくなった。おしまいに、ぼくたちは納屋《なや》へ行って、古いトラクターの上にすわった。

ぼくたちはかなり長い時間そこで吹《ふ》いてみたが、ふたりでは一曲しか鳴らすことができない。その一曲というのが〈きよしこの夜〉。これは学校のクリスマスコンサートで吹《ふ》いたことがあるのだ。

「わああ、いいじゃない。鳥肌《とりはだ》が立つ！」とレーナがいった。天上《てんじょう》の音楽そこのけのすばらしさだ、というのだ。

つぎの日は朝からかんかん照《で》り。日かげでも二十五度はある。海はブルーのシーツをひろげたようになめらか。おじいちゃんの舟《ふね》ははるか遠くに点のように見える。ぼくとレーナは船着《ふなつ》き場《ば》まで走りとおした。フェリーの時間までは十分待たなければならない。ぼくたちは船に乗るとき、笛はTシャツの下にかくしていた。それでもパパは目をつけて、切符《きっぷ》かばんをとんとんたたきながら、ぼくたちを不機嫌《ふきげん》ににらみつけた。

「フェリーの上でピーとでも鳴らしてほしくない。でないとパパの頭がくらくらして、船を岸にぶつけてしまうからな」とパパがいった。

ぼくたちがピーとも鳴らさないと約束《やくそく》すると、パパはそれ以上《いじょう》なにもいわなかった。

ぼくはフェリーが好《す》きだ。ゲームコーナーがあって、ミンダはいつも勝つ。レーナはなぜか、いつも負ける。手すりつきの階段《かいだん》があって、手すりすべりができる。おいしいホットケーキを売っている売店もある。ホットケーキをつくっているのはマルゴット。かなり年とっていて、しつこく頼《たの》むとカエルの顔をして見せてくれる。レーナとぼくはマルゴットと仲《なか》よしで、パパといっしょにフェリーに乗ると、たいていマルゴットのそばにいる。ときどきはデッキまで走ってあがり、水の上につばを吐《は》いて遊ぶ。また操舵室《そうだしつ》に入れてもらえることもある。係の人の機嫌《きげん》がいいときにかぎるけれど。今日はぼくたちはまっすぐにマルゴットのところへ行った。

「おや、トリレとレーナ！　よく来たね。この夏はこれまでずっと顔を見せなかったじゃないか！」とマルゴットがさけんだ。

「だけど、わたしたちのうわさは聞いたんじゃない？」とレーナがいった。

マルゴットはうなずいた。カッターさわぎも牛糞《ぎゅうふん》まみれの話も、マルゴットはみな聞いて知っているのだった。

「ひとから聞いた話をそのまま信《しん》じたらだめだよ」とレーナがいった。

パパはぼくたちだけで町の中へ行くのを、初《はじ》めはいいとはいわなかった。ぼくたちはどうしても行きたいと言いはった。マグヌスももう来ている。マグヌスがどこで音楽をやっているかも、ぼくたちにはわかっている。だって、波止場《はとば》からもマグヌスと友だちのハッサンの姿《すがた》は見えているんだもの！　結局《けっきょく》パパも折《お》れた。ずっとマグヌスのそばにいるという約束《やくそく》で。ぼくたちにゆるされた時間はフェリーが一まわりしてもどってくるまで。その時間におくれないように乗り場にもどっていなければならない。ぼくたちはそのことをパパにかたく約束《やくそく》した。

ぼくたちは歩行者《ほこうしゃ》ゾーンへとかけつけた。マグヌスとハッサンは歌をうたっている最中《さいちゅう》だ。歌がおしまいまできて、ようやくぼくたちに気がついた。

マグヌスはぼくたちを見ても、少しもうれしそうな顔をしなかった。

「おまえたち、ここへなにしに来たんだ？」

「ぼくたち、新しいサッカーボールを買うお金をかせぐんだ」とぼくは言い、ブロック笛を見せた。

マグヌスとハッサンは顔を見あわせて笑《わら》いだした。レーナが腹《はら》を立てはじめていることが、ぼくにはすぐわかった。

「わたしたち、やってみせるからね！」とレーナがマグヌスにむかってどなった。「それにねえ、わたしたち、あんたたちがいくらいやだといったって、あんたたちのそばにいなくちゃならないんだよ。あんたのお父さんと約束《やくそく》してしまったから」

だれもなにもいえず、またできもせずにいると、レーナはちょっと先のベンチへぼくをひっぱり、ぼくの帽子《ぼうし》をとって、地面に投げた。

「さあ、やろうよ、トリレ！」

こんなに大勢《おおぜい》の人が歩行者《ほこうしゃ》ゾーンにいるなんて、ぼくは知らなかった。その人たちを目の前にして、ぼくはすぐにでも気を失《うしな》ってぶったおれそうな気分になった。

「レーナ、ぼく本気でこんなことしたいのかどうか、わからないよ」くちびるをうごかさないようにして、ぼくはささやいた。

「あんた、サッカーボールがほしいんじゃなかった？」

「うん、そりゃそうだけど……」

「じゃあ、吹《ふ》くしかないじゃない、おくびょうね！」

ぼくは膝《ひざ》ががくがくした。ぼくの一番の親友が三までかぞえた。ぼくたちは歩行者《ほこうしゃ》ゾーンのまん中のベンチの上に立って、レーナが〈鳥肌《とりはだ》が立つ〉という〈きよしこの夜〉をブロック笛で吹《ふ》いた。ぼくは自分の笛だけに目をやっていた。一回吹《ふ》きおわったけれど、だれも拍手《はくしゅ》してはくれない。知らん顔でとおりすぎるだけだ。

「もう一回」とレーナが容赦《ようしゃ》なくいった。

ぼくたちはもう一回吹《ふ》いた。みんな暑さにうだり、立ちどまるひまもないのだ。どうもそうらしい。しかし、ひとりの女の人が連《つ》れの男の手をつかんで、引きとめた。

「ちょっと、ロルフ、この子たち、かわいいじゃない！」

この子たちというのは、レーナとぼくのことだった。ぼくたちはまたもう一回吹《ふ》いた。すると、その女の人とロルフという名前の夫《おっと》は、ぼくの帽子《ぼうし》に二十クローネ投げいれてくれた。そのあとは十七人の人がぼくたちのクリスマスの歌を聞こうと、同時に立ちどまった。ぼくはまた、気を失《うしな》ってぶったおれそうな気分になったが、目をつぶってサッカーボールのことだけを

考えた。みんなの拍手《はくしゅ》が聞こえた。「もっと、もっと！」という声もした。人びとがベンチのまわりをとりかこんだ。レーナとぼくは、まるでポップスターみたいだ。ひとりの女の人がぼくたちの写真まで撮《と》って、名前をたずねた。ぼくたちの〈きよしこの夜〉が一曲おわるたびに、レーナがおじぎした。うんと深く。ぼくは右や左にむかってうなずいた。パパが混声合唱《こんせいがっしょう》で指揮《しき》するときのように。

「もうこれでいいと思うよ」とぼくはいった。

両手が汗《あせ》でじっとりとぬれていた。レーナが帽子《ぼうし》に目をやってうなずいた。ぼくたちはみんなにお礼をいって、ベンチからおりた。帽子《ぼうし》は小銭《こぜに》でずっしりと重い。ぼくたちは、どうだというように、マグヌスとハッサンに笑《わら》いかけ、市役所のそばのスポーツ用品店へと走った。パパのいったことはすっかり忘《わす》れていた。

「四十二クローネたりない」カウンターにいた男が、ぼくたちのお金をかぞえていった。

男の頭はくしゃくしゃ、なんとなく荒《あ》れた感じ。上くちびるがちょっとゆがんでいる。ぼくの目に、レーナがうつむくのが見えた。足元になにかいるのか見ようとしたのかもしれない。

店の男はとにかくいやに不機嫌《ふきげん》な顔をしていた。

「だけど、わたしたち、四十二クローネなんて0秒0では出せません。手品《てじな》できないもの」とレーナがいった。


ぼくたちはスポーツ用品店の前の段《だん》だんで立つことにした。ここは歩行者《ほこうしゃ》ゾーンほどたくさんの人はとおらない。それでもぼくたちは笛を吹《ふ》いた。ぼくたちはとうとう〈きよしこの夜〉を十九回吹《ふ》いた。

不機嫌《ふきげん》な男が出てきた。「そのピーピーをやめてくれ。お客がびっくりして寄《よ》りつかん！」

「だけどやめられないんです。まだたりない分が……」と言いかけて、レーナがぼくを見た。

「二十六クローネと五十」とぼくはいった。

男は目をむきだした。指を下くちびるの下にあて、大きな噛《か》みタバコのかたまりをひっぱりだして、ぼくたちの足のまん前に吐《は》きすてた。店のドアをたたきつけてしめ、中へもどっていった。

「あんな態度《たいど》、ぜったい校長室行きよね」とレーナが吐《は》きすてるように言い、ぼくたちはまた笛を吹《ふ》きはじめた。

しかし終わりまで行かないうちに、かんかんになった男が出てきてどなった。

「そのピーピーをやめろといったろう！　ボールはくれてやるよ、なんとも気にさわるガキどもだ！」


新しいボールを手に店から出たところで、ぼくはパパのことを思い出した。

「わあ、しまった！」

ぼくたちは走りだした。フェリーはもう三回もまわってきていて、パパはだいたいぼくが思っていたとおりくらいにかんかんになっていた。パパは興奮《こうふん》するとなぜか、体が大きくなって顔が赤くなる。

「ぼくたち、これから二度とこんなことしません」ぼくは息もたえだえにいった。

「二度とこんなことしません、二度とこんなことしません！　レーナとおまえは二度と同じことはしないんだ。そのかわりに、いつでも新しいごたごたをやってひとをおこらせる！」

レーナがすごくかわいい顔をして、パパの手をにぎった。

「この新しいボールを見てください。これはプロ用のボールです」

ぼくの見たところ、パパは少しだけぼくたちを得意《とくい》に思いはじめたらしい。そして、ボールがすてきなボールだということもわかったらしい。そして、すぐそのボールをためしてみたくなったらしい。

しかし切符《きっぷ》バッグをかかえ、木靴《きぐつ》をはいてでは、うまくドリブルができない。突然《とつぜん》、靴《くつ》とボールとがいっしょにきれいな弧《こ》をえがいて船《ふな》べりを飛《と》びこしてしまった。ぼくは思わず頭に手をやった。ぼくたちが死ぬ思いで〈きよしこの夜〉を演奏《えんそう》してようやく手に入れたボールを、パパはあっさり水に落としてしまった。ぼくたち自身《じしん》がためしてもみていないのに！

「すぐ水に飛《と》びこんで、ボールをとってきてよ！」と、頭にきたレーナがさけんだ。

しかしパパは水に飛《と》びこむなどということは夢《ゆめ》にも考えない。代わりに陸《りく》へ飛《と》びうつり、船《ふな》着《つ》き場《ば》で釣《つ》りをしているドイツ人から、たもを借《か》りうけた。それを使ってうまくボールを陸地《りくち》へすくいあげた。木靴《きぐつ》は水に沈《しず》んでそのままだ。

パパはフェリーが桟橋《さんばし》をはなれると、マルゴット、レーナ、ぼくのいる売店へかけつけた。

「ママにはおまえたちが町にいたことはいわないほうがいいと思うよ、な、トリレ？」

ぼくは、いわないと約束《やくそく》した。

だが、そんな約束《やくそく》など、なんにもならなかった。つぎの日、レーナとぼくの写真が新聞にでかでかと載《の》ったのだ。ぼくたちがベンチの上に立っていたとき写真を撮《と》った女の人は新聞記者だったのだ。

「あんたたちのいたずらっ子ぶりときたら」とママは新聞のうしろから首をのばしていった。

ぼくはママに、こんど時間があるとき、ママにも〈きよしこの夜〉を聞かせてあげるよと約束《やくそく》した。

海賊《かいぞく》の血

レーナのようなおとなりさん、そして一番の親友をもっていると、どきどきするようなことがたくさんある。でも、ときどきぼくは思うのだ。やっぱりふつうの日のほうがいいのではないかと。とくべつ変《か》わったこともないふつうの日には、ぼくはパンにレバーペーストをぬって食べ、レーナとサッカーをしたり、ザリガニとりをしたり、はらはらどきどきでない、ふつうのおしゃべりをする。

「じゃあ、あんた、クリスマスよりふつうの日のほうがいいっていうの？」とレーナが聞いた。

ぼくがどう思っているかを言いかけたときだ。

「ううん、べつにそういうわけじゃないけれど、毎日クリスマスでなくたっていいんだ」とぼくはいった。「毎日クリスマスだったら、クリスマスなんて退屈《たいくつ》でたまらないよ」

レーナは、もっとしょっちゅうクリスマスがあってもいい、それでも少しも退屈《たいくつ》だなんて思わないといった。そのことについては、ぼくたちはそれからもう、話すことはなかった。それでも夏の日をあびてボールをレーナにむけて蹴《け》りながら、ぼくはやっぱり、こういう、すごくふつうの日はいいなあ、と思っていた。

「わたしね、いっしょにサッカーやってくれるパパがいたらいいのにと思う。まともな強いボールをがつんとくれるようなパパがね」とレーナがいった。ぼくがとびっきり強くがつんと飛《と》ばしたボールをひょいとうけとめて、そういったのだ。

ぼくはため息が出た。

ぼくたちはひと休みすることにして、草の上にどすんと腰《こし》をおろした。そこへバルコニーのペンキ塗《ぬ》りをしていたミンダがやってきた。ミンダは大《おお》おばちゃんほどではないが、とてもお話がじょうずで、いっしょにいる人を楽しませてくれる。今日のミンダは草の上に腹《はら》ばいになって、ぼくたちの入《い》り江《え》がどうしてクネルト・マチルデと呼《よ》ばれるようになったかという話をしてくれた。

「それはね、こういうわけ」とミンダが話しはじめた。「ずっと昔のことだけど、ポルトガルの海賊船《かいぞくせん》がこの入《い》り江《え》へやってきたのよ。へさきにすごくきれいな船首像《せんしゅぞう》をつけてね。その船《せん》首像《しゅぞう》がうつくしいマチルデだったの」

「船首像《せんしゅぞう》って?」とぼくはたずねた。するとミンダが、船首像《せんしゅぞう》とは髪《かみ》の毛をなびかせ、うつくしい衣裳《いしょう》をまとった木製《もくせい》の人形なのだと教えてくれた。昔はそういう木像《もくぞう》を船のへさきにとりつけたものよと。

「そのとき、暴風雨《ぼうふうう》がやってきた。この入《い》り江《え》にね」とミンダがつづけた。「ものすごい暴風《ぼうふう》雨《う》だったのよ。船はあっちに揺《ゆ》れこっちに揺《ゆ》れ、操縦《そうじゅう》できなくなってしまった。そしておしまいにこの入《い》り江《え》でばらばらにこわれてしまったの。うつくしいマチルデはフィヨルドの断崖《だんがい》にぶつかって、クルミの実みたいにまっぷたつ。そのあとは、木食《きく》い虫《むし》に食われてぼろぼろの穴《あな》だらけになってしまったのよ。場所はだいたい、わたしたちが火祭りの火を牛糞《ぎゅうふん》で消すことにした、あのあたりね」

「おお」とレーナが言い、ぼくもほとんど同時に同じ声をだした。

「海賊《かいぞく》たちはもう元の国には帰らなかった。ここで奥《おく》さんをさがして、ここに落ちついたってわけ。その人たちがこの入り江《いりえ》をクネルト・マチルデって呼《よ》びはじめたの。ここの断崖《だんがい》でこわれた船首像《せんしゅぞう》の名をとってね。木食《きく》い虫《むし》にやられたあとって、クネクネの筋《すじ》がのこるでしょ。マチルデさんのミドル・ネームがルートで、クネクネルートのマチルデ。それがいつのまにかなまってクネルト・マチルデになったのね」

ミンダはレーナとぼくにかがみこんでささやいた。「その海賊《かいぞく》のひとりなのよ。おじいちゃんのひいひいひいひいおじいさんはね。だからおじいちゃんにはまだその海賊《かいぞく》の血がつたわってい るっていってもいいのよ！」

ぼくはしばらくのあいだ、なにもいえなかった。頭の中に夢《ゆめ》のような考えがわきあがってきたからだ。ようやく口をひらいて、ぼくはたずねた。

「ミンダ、それならぼくの体の中にも、海賊《かいぞく》の血が流れているってこと？」

「家族みんなが海賊《かいぞく》の血をうけついでると思うわ。わたし以外《いがい》はね。だって、わたしはもらわれてきた異国《いこく》のプリンセスなんだもの」とミンダが笑《わら》っていった。

ミンダは家までずっと逆立《さかだ》ち歩きで、バルコニー塗《ぬ》りの仕事にもどっていった。

レーナがボールを手にとり、二、三回、空へ投げあげた。ぼくはただすわって、ほんの何分か前とはちがった自分になったような気分がしていた。なにしろ、ぼくの体の中には海賊《かいぞく》の血が流れているのだ。

「だからぼくはいつも、みんながあっというようなことをしてしまうんだね。自分ではどうしようもないんだよ。海賊《かいぞく》の血のせいなんだから」と、ぼくはレーナにいった。

「なにいってるの。そんなのあんたがちびっと鼻血《はなぢ》をたらせば、いっしょに流れ出てしまうくらいのちょっぴりよ」レーナがなぜか不機嫌《ふきげん》に言いかえした。

きっとレーナも、海賊《かいぞく》の血がほしかったのだと思う。

ぼくは海をながめやった。おじいちゃんは舟《ふね》に乗って海へ出ている。なにもふしぎなことはない。だって、おじいちゃんも海賊《かいぞく》のひとりなんだもの！

「レーナ、ゴムボートで一まわりしない？」とぼくはいった。海賊《かいぞく》の血がむくむくわいて、ぼくを海へとせきたてる！

レーナがあきらめたようにぼくを見て、ゴールキーパーグラブをはずした。

「いいわ。ここでぶつかってこわれたマチルデになるいいチャンスだもの」

しばらくしてまっ黄色のボートに乗りこんだレーナは、救命《きゅうめい》チョッキの下に、お母さんの赤いロングドレスを着ていた。なにやらおごそかな顔だ。そんな服で海へ行くのを、お母さんはゆるしてくれたのだろうかとふしぎだったが、ぼくはなにもいわなかった。

ぼくたちは入《い》り江《え》の中をこいでまわった。ぼくは海賊《かいぞく》のようないい気分でうかれ気味《ぎみ》だったが、船首《せんしゅ》から身《み》をのりだしてぶらさがっていたレーナはじきに、船首像《せんしゅぞう》なんて退屈《たいくつ》もいいとこ、と言いだした。

「嵐《あらし》がくる！」とレーナが言いわたした。ぼくはボートを右へ左へとゆすった。レーナの髪《かみ》が水についた。レーナはじっと体をかたくして横になったままだ。ところが、急にむっくりとふりむいて、じれったそうにさけんだ。「あんた、わたしをぶつけてくれる気あるの、どうなの？」

そんなこといわれてもなあ。ぼくは肩《かた》をすくめ、注意ぶかく船着《ふなつ》き場《ば》へむかってこいだ。ボートはゆっくりと陸《りく》へむかってすすんでいく。しかし、ちょうどおじいちゃんの舟《ふね》が同時に岸に近づいた。高い波がおこり、その一つがぼくたちのゴムボートにどさっとぶつかってきた。ボートはそのいきおいでコンクリートにぶつかった。

ゴムボートはなんの音も立てない。しかし船首像《せんしゅぞう》は大きな音を立てた。

「レーナ！」とぼくはさけんだ。レーナはぐったりと船《ふな》べりにぶらさがっている。「おじいちゃん、レーナが死んじゃった！」

おじいちゃんがあわててかけよった。レーナをゴムボートから抱《だ》きあげた。

「おい、小さなおとなりさん、起きろ」おじいちゃんがいって、レーナをそっとゆすった。

ぼくはパドルを手に、どうしていいかわからずにすわっていた。これでは泣《な》くしかない。ぼくは大声で泣《な》きだした。

「うう……」とレーナがうめいた。

目をひらいて、おじいちゃんを見た。おじいちゃんの見分《みわ》けがつかないようで、まじまじと見つめた。それから、またちょっとうめいた。

「うごかないで」とおじいちゃんがいった。「お医者に連《つ》れていくからな。心配いらないよ。おい、トリレ、泣《な》くのをやめろ。もうだいじょうぶだからな」

レーナがちょっと起きあがった。

「ううん、泣《な》くのをやめないで、トリレ！　それにね、こんなことになったのも、あんたのこぎ方がへただったからよ！」

ひとに悪口をいわれて、こんなにうれしかったことはない。レーナは死ななかった。ちょっとぶつかっただけだ。

しかし、レーナの額《ひたい》からは血が流れている。それを見て、ぼくはまた大声で泣《な》きはじめた。どうしたってお医者に手当してもらわなければ。連《つ》れられていくレーナに手をふりながら、ぼくは考えた。レーナみたいな、一番の親友のおとなりさんをもつと、ふつうの日なんて、もともとありっこないのだと。

夏の終わり

おじいちゃんは毎朝、鳥たちが糞《ふん》をしはじめる前に起きる。これはおじいちゃんのいっていることばをそのまま使ったのだ。夏にはぼくもおじいちゃんと同じくらい早起きすることがある。そんなときはできるだけの速さで海へかけおりる。けれどもおじいちゃんはたいていもう海へ出ていて、遠くのほうに点のように見えるだけだ。すごく早起きしたのに、ものすごい早起きでなかったばかりに、カモメの二、三羽《わ》といっしょに船着き場《ふなつば》にとりのこされるなんて、どう考えてもこれほどみじめなことはない。それでもときどきは間に合うこともある。するとおじいちゃんはにっこりしてくれる。

「おや、だれかと思ったら、うちのトリレじゃないか！」

こんなおじいちゃんは大好《だいす》き。ぼくがおじいちゃんを大好《だいす》きなのと同じように、おじいちゃ

んはぼくを大好《だいす》きだと思っていてくれる。そのことがぼくには、はっきりわかっている。レーナだと、こうはいかない。レーナがぼくのことをどう思っているか、はっきりわかっているとはいえないのだ。

けさはうまくいった。六時前にはぼくたち、おじいちゃんとぼくは舟《ふね》で海へ出て、陸《りく》からずっと遠いところにいた。ぼくたちは網《あみ》をひっぱり、ほとんどなにもしゃべらずにいた。ぼくはおじいちゃんを独《ひと》り占《じ》めできるって、いいものだと思っていた。

しばらくおじいちゃんをながめたあとで、ぼくはいった。

「ミンダがいってたけど、ぼくたち、まだ海賊《かいぞく》の血をちょっともってるんだって」

するとおじいちゃんがかがんでいた背中《せなか》をのばしたので、ぼくはおじいちゃんにミンダから聞いた、マチルデ・クネルトの話をすっかり話した。話しおわると、おじいちゃんが声をあげて笑《わら》った。

「この話、ほんと?」ぼくは風向《かざむ》きがあまり良《よ》くなさそうな気がしてたずねた。

「どうも話をごちゃまぜにして作りあげたらしいな。あのミンダはほんとに愉快《ゆかい》な子だよ」おじいちゃんはすっかり感心したようにいった。「わしたちみんなで、あの子からお話のつくり方を習ってもいいなあ」

「だけど、大《おお》おばちゃんはつくり話はいけないっていってるよ」とぼくはいった。

「まあ、そりゃそうだが」おじいちゃんはうなずいて、ちょっとにやにやした。

しばらくしてから、おじいちゃんがいった。「レーナはそのせいで、コンクリートにぶつかったってことだね？」

ぼくはうなずいた。レーナが前の日の夕方、頭に包帯《ほうたい》をまいて家へもどったことを、はっと思い出した。縫《ぬ》ってくれたのはイザクだったそうで、レーナは縫《ぬ》ってもらったことには満足《まんぞく》していた。だけど、こまったことに、軽い脳《のう》しんとうをおこしているから一週間は安静《あんせい》にしていなければならないのだそうだ。

「あらまあ」とそれを聞いたママがいった。レーナがこのまえ脳《のう》しんとうをおこしたときは、クネルト・マチルデじゅうがはらはらして気が気ではなかった。レーナはちゃんと安静《あんせい》にしてなどいられない子だから。

今レーナはぽつんと船着《ふなつ》き場《ば》に立って、おじいちゃんとぼくが陸《りく》へもどってくるのを待っている。まるで小さな記念碑《きねんひ》のようだ。

「魚とりばかりしてる！」ぼくたちが船着《ふなつ》き場《ば》へつくと、レーナがなじった。まるで、脳《のう》しんとうになった自分の上にだけ、まっ黒な雲がかかっているとでもいうような不機嫌《ふきげん》さだ。

かわいそうなレーナ。なにかなぐさめになるようなことばをかけたくて、ぼくがいったのはつぎのようなことだ。ぼくは海賊《かいぞく》なんかではなく、ミンダがクネルト・マチルデについていったのは、みな自分で考えたつくり話だったんだって。

「それならわたし、頭なんかぶつけなくてもよかったってこと？」レーナがつぶやいて地面をふみつけたので、砂利《じゃり》が跳《は》ねとんだ。

ぼくにはすぐわかった。レーナが不機嫌《ふきげん》なのは脳《のう》しんとうのせいだけではない。レーナは郵《ゆう》便《びん》をうけとってきたところなのだ。

「ちょっと見てよ」といって、レーナがおじいちゃんの腹《はら》にチラシをつきつけた。

「お見舞《みま》いのはがきかなにかがあるかと思って、わざわざ郵便局《ゆうびんきょく》までもらいにいったのよ。だってわたし、けがして病院にいたんだものね。そしたらわたしあては学校用品の広告《こうこく》ばっかり！」

ぼくはそのチラシをのぞきこんだ。まっ先に目についたのは〈新学期〉という字。レーナは夏休みが大好《だいす》き。学校は少しも好《す》きでない。

「わたし、冬眠《とうみん》しようかな」とレーナがいった。「来年の夏まで眠《ねむ》りとおすのよ」

なんてかわいそうなレーナ。魚を入れたおけを庭まではこびあげるあいだも、だれもなにもいわない。

「おじいさんはいいね。学校へ行かなくてもいいんだもの」ぼくたちが家へついて、テラスに出たとき、レーナがおじいちゃんのほうへむかってつぶやいた。

おじいちゃんが木靴《きぐつ》をぬいで部屋のドアをあけた。

「うん、よかったよ、ひまがあるからな。できればワッフルでも焼《や》いて、おまえたちの機嫌《きげん》を良《よ》くしたいところだよ」とおじいちゃんがいった。「だけど、とりたての魚とジャガイモってことになるな」

「そうよ、おじいさんにはワッフルは焼《や》けないもの」とあいかわらず仏頂面《ぶっちょうづら》でレーナがいった。

まるでからだじゅうが脳《のう》しんとうになったみたいな不機嫌《ふきげん》さだ。

「この入《い》り江《え》には、ほんとはクネルト・マチルデなんて名前はなかったんだよ」とおじいちゃんが食事のしたくをしながらいった。

「昔ここにマチルデという名前の女の人が住んでいた。子どもが十四人いて、夫《おっと》はひとり。その夫《おっと》がクネルトという名字《みょうじ》でね、だからそのマチルデさんもクネルトのマチルデと呼《よ》ばれていたんだ。ここのみんながわしのことをユッターゴールのラルスと呼《よ》ぶようにな。ほら、おまえだって、ユッターゴールのトリレじゃないか」

「ぼくたちの入《い》り江《え》も、それでクネルト・マチルデっていわれるようになったわけ？」とぼくはたずねた。

おじいちゃんがうなずいた。

「それじゃあ、海賊《かいぞく》ごっこもできないんだ」ぼくはがっかりしていった。

「じゃあわたし、ひたいをぶつけなくてもよかったってことじゃない」とレーナが口をはさんだ。

食事がすんでから、ぼくたちはヒバの木にのぼって、いつまでもだまってすわっていた。枝《えだ》のあいだからぼくたちの入り江《いえ》をながめているあいだにも、だんだん夏がぼくから逃《に》げていく。そんな気がしていた。畑のようすもなんとなく変《か》わってきている。もう緑ではなくなり、風もあまり暑くない。レーナが算数の時間につくのと同じため息をつくのが聞こえた。「ああ、なんてかなしいの！　時《とき》がすぎていくのって」

そのつぎの週、レーナとぼくは四年生になった。ぼくはまた学校がはじまってうれしい気がした。でも、レーナにはそのことをいわなかった。先生が新しくなった。エリシヴ先生だ。若《わか》くてあけっぴろげに笑《わら》う。ぼくはすぐ先生が好《す》きになった。

いやなことはたった一つ。カイ・トミーが夏休み前と同じようにクラスのみんなをからかうこと。ほんとうのことをいうと、カイ・トミーはぼくたちのクラスのボスだ。カイ・トミーにいわせると、もしもレーナがいなければ、男子ばっかりになって、すごくいいクラスなのだそうだ。彼《かれ》がそういうと、レーナはいつもかんかんになる。その場につっ立って、ふうふうと息《いき》まく。しかしこれからはレーナもおおっぴらにいえるのだ。

「あんた、ばかねえ。エリシヴ先生だって女よ。それとも、先生は女じゃないっていうの？」

これでぼくにも、レーナも新しい先生が好《す》きだということがわかった。最初《さいしょ》の四日間ずっと、不機嫌《ふきげん》な顔で質問《しつもん》にはなに一つこたえず、先生をにらんでいるだけだったのに。

「レーナはちゃんと知ってしまえば、すごくいい子なんです」ぼくはある日、教室を出るとき先生にいった。先生がレーナのことを思いちがいしないかと心配だったのだ。

「わたしね、あんたもレーナもふたりともいい子だと思ってますよ。あんたたち、とても仲《なか》よしなんでしょ？」とエリシヴ先生がこたえた。

ぼくはちょっと先生の近くへ寄《よ》った。

「少なくとも、半分はそうです」とささやき声《ごえ》でいった。

すると先生が、それって、すばらしい友情《ゆうじょう》のはじまりとしては、とてもいい線いってると思うけど、といった。

またサッカーの練習がはじまった。そこで問題がもちあがった。レーナがゴールキーパーは自分だから、自分がゴールに立つと言いだしたのだ。でも、カイ・トミーが、そんなこと今ま

10
5

で聞いたうちで一番ばかばかしい話だといった。女子をゴールキーパーに立てるなんて、とんでもない！　レーナはかんかんになって、山鳴《やまな》りするほどの大声で言いかえしたので、トレーナーもレーナをテストすることにした。レーナはゴールエリアの中をカエルのように跳《は》ねまわった。ボールを一つもゴールさせない。そこでだれもボールを打ちこむものはいなくなった。レーナは思いどおりにゴールキーパーになり、ぼくたちはレーナのおかげで市のサッカー大会では次つぎと勝ちすすんで、優勝《ゆうしょう》した。レーナはもちろん、鼻高《はなたか》だかだ。

ぼくは大《おお》おばちゃんに、その大会のことを電話で話した。でも大《おお》おばちゃんはサッカーなど、おもしろいともなんとも思っていなかった。

「ここにおばあさんがひとりいてさ。ワッフル焼《や》き器《き》はもう何週間も冷《つめ》たいままなんだよ」と大《おお》おばちゃんがいった。「ボールはちょっとわきへおいといて、あんたたちふたりで、たずねてくる気にはなれないものかねえ」

そういわれて、いやなんていえっこない。だからパパに行ってもいいかと聞いてみた。するとパパが、それはちょうどいい、といった。パパはその週末《しゅうまつ》、大《おお》おばちゃんを迎《むか》えにいってうちへ連《つ》れてこようと思っていたのだ。

大《おお》おばちゃんのところまでは二十キロだ。パパが車を運転し、レーナは気分がわるくなった。だが車の中で吐《は》くことはできない。青い顔でがまんした。

大《おお》おばちゃんはバラにかこまれた、黄色の小さな家にひとりで暮《く》らしている。パパは何度も大《おお》おばちゃんに、クネルト・マチルデに来てぼくたちといっしょに暮《く》らすようにすすめていた。ぼくもそのことはいったことがある。でも大《おお》おばちゃんはいやだといった。自分の黄色の家が気に入っているのだそうだ。

ぼくたちは午後じゅう、大《おお》おばちゃんの家まわりの手入れをあれこれ手伝《てつだ》った。仕事がすんで中へ入ったときは雨がふりはじめて、もう暗くなっていた。大《おお》おばちゃんがテーブルのしたくをし、とてもしっとりなごやか、いい気分だったので、ぼくは胸《むね》がいっぱいになった。外で雨がふっていて、大《おお》おばちゃんのところのソファーにすわり、ワッフルを食べるのは最高《さいこう》。もっといいことがあるだろうかと考えてみたけれど、なにも思いつけなかった。

レーナがワッフルを食べながら、大《おお》おばちゃんにサッカーのことを教えようとした。

「とにかく強く打たなくちゃだめなの！」とレーナがいった。

「へえぇ」と大《おお》おばちゃんがいった。

「戦争《せんそう》のときは、ばんばん打ったんだよね？」とぼくは聞いた。ドイツ軍《ぐん》がノルウェーにせめこんできたとき、大《おお》おばちゃんはまだとても小さかったけれど、そのころのことをちょっぴりだけおぼえている。

「ううん、トリレ、幸いそんなことはなかったよ。だけど、うれしくないことはいっぱいあったね」

大《おお》おばちゃんの話では、ノルウェーを占領《せんりょう》したドイツ人は、ノルウェー人がラジオをもつことをゆるさなかったのだそうだ。ドイツ人は、ラジオ放送が自分たちにつごうのわるいことをしゃべるのではないかと心配したのだ。

「それでもうちにはラジオがあったのよ」と大《おお》おばちゃんが得意《とくい》そうにいった。「ラジオは納《な》屋《や》のうしろに埋《う》めてあったの。聞くときには掘《ほ》りだして聞いたものよ」

大《おお》おばちゃんとおじいちゃんの親たちは戦争中《せんそうちゅう》、かなりいろいろと禁止《きんし》されていたことをやったようだ。戦争中《せんそうちゅう》はいつもとはちがう。いつもしていたことが禁止《きんし》されていたらしい。

「禁止《きんし》されていることって、やってみたくなると思う」とレーナがいった。大《おお》おばちゃんが、そんなことを考えてはだめといった。見つかると、とても危《あぶ》ないことだったのだからと。お父さんがラジオを聞いていることがだれかに見つかったら、お父さんは連《つ》れていかれてしまうのだから。

「そしたらお父さんがいなくなっちゃうじゃないの」とレーナがいった。

そうなの、と大《おお》おばちゃんはうなずいて、レーナの頭をなでた。

「ラジオを聞いた人は、どこへ連《つ》れていかれたの？」とぼくが聞いた。

「グリニへ」

「グリ？」レーナがふしぎそうにいった。

「いいえ、グリニよ。ノルウェーでは強制収容所《きょうせいしゅうようじょ》をそう呼《よ》んでいたの。名前を聞くだけでこわい気持ちがしたものよ、だれでも」と大《おお》おばちゃんが説明《せつめい》した。

レーナはしばらく考えこんだ。

「じゃあ、大《おお》おばちゃんもこわかったんだね？」

ぼくが大《おお》おばちゃんより先にへんじした。「大《おお》おばちゃんはこわいことなんてなかったんだ。寝《ね》るとき、頭の上にイエス・キリストがかかっているんだから」

ぼくはキリストの絵を見せるために、レーナを大《おお》おばちゃんの寝室《しんしつ》へ連《つ》れていった。

「これだよ」ぼくはベッドの上にかかった絵を指さして見せた。

けわしい崖《がけ》の絵で、途中《とちゅう》のせまいはりだしに一ぴきの子ヒツジがいる。上へのぼることも下へおりることもできなくなって、とほうにくれている。母ヒツジが崖《がけ》の上に立って、子ヒツジのことを心配して啼《な》いている。しかし、そこにはイエスもいる。つえをうしろの木にかけ、崖《がけ》から身《み》をのりだして子ヒツジをたすけあげるところだ。

レーナは首をかしげ、その絵を長いこと見つめていた。

「魔法《まほう》？」と聞いた。

魔法《まほう》かどうか、ぼくは知らない。だけど、大《おお》おばちゃんは頭の上にイエス・キリストをかけているから、こわくないのだ。大《おお》おばちゃんは、人間はみな子ヒツジでイエスが守ってくださっている、といっている。

家へ帰るとき、ぼくは前へすわって、ギヤチェンジをさせてもらった。レーナは大《おお》おばちゃんといっしょにうしろにすわっていた。やっぱり気持ちわるくなって、家へつくちょっと前に、道《みち》ばたの草にどっさり吐《は》いてしまった。

「あんたがやたらにギヤを入れかえるからじゃないの、トリレ」ぼくの一番の親友が、またよろよろと車にもどりながら、車酔《くるまよ》い病人の声でいった。ぼくは聞こえないふりをしていた。自分がワッフル九枚《まい》、どっさりバターと砂糖《さとう》をつけて食べたからだよといってやりたかったけれど。たとえいったとしても、レーナの気分が元にもどるはずもないと、ぼくにはわかっていた。

「だけど、明日の朝にはまたぴんぴんになっているさ！」とパパがいうあいだに、車はうちへついた。「ヒツジ追いにもいっしょに行ってもらうからな」

レーナとぼくはどちらも目を大きくした。

「ほんとに、いっしょに行ってもいいの？」ぼくはさけんだ。

「うん、おまえたちも、もうそのくらいの年だと思うんでね」とパパがふつうの声でいった。

ぼくたちふたりがどんなによろこんだか、だれにもわからないと思う！

ヒツジ追いとヘリコプター

夏の間じゅう、うちのヒツジたちは山にいて、その時そのときでしたいことを好《す》きなようにやっていた。でも、冬になる前にまたヒツジ小屋へ連《つ》れもどさなければならない。

「ヒツジたちにとっても夏はおわったってことね」レーナはそのときになると、いつも満足《まんぞく》そうにいっていた。ヒツジたちが人間より長い夏休みをもらうのは不公平《ふこうへい》だ、と思っているのだ。

今年はレーナとぼくも、ヒツジの連《つ》れもどしにいってもいいんだ！　翌朝《よくあさ》、庭に出たとき、ぼくは信《しん》じられない気分だった。小さなクレラまでいる。みんなが家の前にせいぞろいだ。レーナとお母さん、それとトールおじさんも来ている。パパはリュックを背《せ》に野球帽《やきゅうぼう》をかぶり、みんな用意はいいか、と声をかけた。いよいよ山にむかって出発。レーナとぼくは、おじいちゃん、大《おお》おばちゃん、クレラに行ってくるよと手をふることができるのだ。これまでは山へ行く組に手をふって送りだすことしかできなかったのに。しかし、その送りだし組の中でも、レーナだけはこれまで、ヒツジ追いに出かける人に手などふらなかった。背中《せなか》をむけて、ルバーブの茎《くき》をかじったみたいな、すっぱい顔をしていた。

夏も終わりという感じがする。空気がひんやりしている。丘《おか》ヨーンの家をすぎて針葉樹《しんようじゅ》の森にはいると、しめって重くなった木がぼくたちの頭の上にだらりとたれていた。レーナもぼくもゴム長《なが》だ。坂道で水たまりを見つけるたびに、二ひきのウサギのように跳《は》ねて、飛《と》びこしながら先へすすんだ。

「もっとゆっくり歩くんだ」とパパがいった。「そんなことをしていたら、すぐにくたびれてしまうよ」

だけど、ゆっくり歩いてなどいられない。うれしくてたまらないから、足が勝手にうごいてしまうのだ。

やがて森をぬけて、山についた。上はほとんど平らで、ようすがすっかりちがって見える。

「これって、空に近づいてるってことよね」とレーナのお母さんが言い、レーナとぼくの仲間《なかま》に入って、いっしょに石から石へと跳《は》ねてわたった。ふりむいて下を見おろすと、ぼくたちの入《い》り江《え》がうんと下のほうに見えた。ときどき、ヒツジが目につく。うちのヒツジだったり、よそのヒツジだったりする。しかし、今日はヒツジあつめはしない。まず小屋まで行って、そこで一晩泊《ひとばんと》まることになっている。

小屋には電気もトイレもない。納屋《なや》みたいなものだ。しかしくっつきあって寝《ね》るだけの場所はある。この小屋が世界じゅうで一番すてきな小屋だと、ぼくは思う。ひさしぶりに来てみると、ぼくたちが行くとよろこんでくれる大《おお》おばちゃんに、そこがちょっと似《に》ているのではないかなあ。

やがてあたりに山暮《やまぐ》らしとでもいうようなにおいがただよいはじめる。中でママとトールおじさんが、ガスコンロでベーコンを焼《や》いている。外のたき火でパパがコーヒーをわかしている。パパは山では上機嫌《じょうきげん》だ。ふだんならちょっと聞きにくいようなことでも、遠慮《えんりょ》せずに聞いてもいい。パパはなにを聞かれてもにこにことこたえてくれる。ぼくがそのことをいうと、パパはこたえた。

「山では人に腹《はら》を立てる気分になどなれないじゃないか。おまえだってそんな気がするんじゃないかな、トリレ?」

ぼくは自分のことを考えてみて、うなずいた。レーナが、もしそうなら、あんたのパパはもっとしょっちゅう山へこなくちゃいけないね、といった。

レーナはぼくとは反対側《はんたいがわ》、パパのとなりにすわって、火を見つめている。そのときぼくは、レーナにパパをちょっぴり分けてやってもいいと思った。レーナもこんな父親、火をたいて、山で上機嫌《じょうきげん》な父親をもつ気分を味わえるように。ときどきはレーナがパパを借《か》りだすのもいい。そのことをいうと、レーナがこたえた。「うん、毎週水曜日の午後とか、時間をきめてね。そのときは山へ連《つ》れだして、風通《かぜとお》ししてあげることもできるしね」


いよいよヒツジ追いだ。レーナとぼくはトールおじさんと連《つ》れだって、山を二つ三つこえて行くことになった。尾根《おね》の片側《かたがわ》はゆるやかな登りだけれど、反対側《はんたいがわ》は急な傾斜《けいしゃ》で下へ落ちこんでいる。パパはまわりを指さしながら、いろいろと説明《せつめい》した。パパは今のぼくと同じくらいの年から毎年ヒツジ追いに参加《さんか》していて、知らぬことなしだ。

「子どもたちにはくれぐれも気をつけてくれよ!　いいな?」とパパが自分の弟に念《ねん》をおし、

「いいよ、いいよ！」とトールおじさんがこたえた。

トールおじさんはいつでも大股《おおまた》に歩く男のひとりだ。レーナとぼくはおじさんについていくのが、かなり大変《たいへん》だ。おじさんはどうやら、ぼくたちはいっしょに歩くには小さすぎると思っているらしく、その考えが正しいことをぼくたちに見せつけようとしていた。

「おじさんはわたしたちのこと気をつけてくれるんじゃなかったの？」とレーナがうしろからどなった。長靴《ながぐつ》にはいった小石をだすために立ちどまっても、おじさんがどんどん先へ行ってしまったから。

しかしおじさんは知《し》らん顔《かお》だ。

「行こうよ、レーナ」とぼくはいった。

「いやよ！」

「ぼくたち、ヒツジ追いに行くところなんだよ！」

「そんなこと、わかってる！」

レーナが急に立ちどまって、その場からうごかない。ぼくは頭からフードをはずした。すると、ぼくにもかすかに聞こえてきた。やっと聞こえるほどに小さな、心細《こころぼそ》そうなヒツジの鳴き声だ。

レーナとぼくはその声をたよりに近づいていった。声は下のほうから聞こえてくる。ぼくたちは腹《はら》ばいになって、突端《とったん》まで這《は》っていってのぞいた。

「あっ！」おもわず声がでた。

一頭のヒツジがずっと下のほうのはりだしに立っていた。もうかなり前からそこにいるらしい。かなり弱っていて、まともな鳴き声も出ないようだ。もしも、ぼくたちが見つけなかったとしたら！

身《み》をぎりぎりまでのりだしてよく見ると、ヒツジが耳につけているマークチップの数字を読むことができた。黄色のプラスチックチップに３０１１と書いてある。

「うちのヒツジだ」

「どうやってあそこまでおりたのかしらね」レーナがじりっと前へ出ていった。

「さあ。きっとあそこからじゃないかな」ぼくは下にむかってひらいた、せまい割《わ》れ目を指さした。そして起きあがり、トールおじさんをさがして、先のほうへ目をやった。しかし、おじさんの姿《すがた》はどこにもない。またレーナに目をもどすと、レーナもいなくなっている。

どきっとした。心臓《しんぞう》のうごきが速くなって、痛《いた》いほどだ。

「レーナ」と呼《よ》んでみる。

返事はない。

「レーナ！」


「ここよ！」

変《へん》だなとおもって、岩《いわ》の鼻《はな》から下をのぞいてみた。

「ねえ、今のわたし、だれに似《に》ている？」とレーナが愉快《ゆかい》そうにさけんで、下からぼくを見あげた。レーナがいるのはせまい岩の割《わ》れ目の途中《とちゆう》だ。這《は》いつくばったシラカバの枝《えだ》を片手《かたて》でつかみ、小さくはりだした岩から生え出た草の株《かぶ》の上に、黄色の長靴《ながぐつ》の足をのせて立っている。

「きみ自身にだけど」

レーナは目をぐるりとまわして見せ、さらに下にいるヒツジにとどかせようと、空いたほうの手を空中にのばした。

「わたし、イエスに似《に》ているわけ。見ればわかるでしょ！」

ぼくは首をふった。

「イエスは赤いレインジャケットなんか着ていない。すぐあがってくるんだ」

するとレーナはレインジャケットをぬごうとした。その場で、片手《かたて》で。

「レーナ、あがってきてよ！」ぼくは心配でたまらない。レーナの手がつかめるかと、せいいっぱい手をつきだした。

レーナが片足《かたあし》を上へあげようとしたそのとき、つかんでいたシラカバが岩からぬけた。レーナは大きな悲鳴《ひめい》をあげ、その木をにぎったまま消えていった。


レーナはぼくが知っているだけでも、何度も高いところから落ちている。だけど、今度というこんどほど、レーナが死んでしまったと思ったことはない。できるかぎり岩の先まで這《は》いよって、まっすぐ下の岩壁《がんぺき》をのぞいたときに感じたこの恐《おそ》ろしい絶望《ぜつぼう》の思いを、ぼくは絶対《ぜったい》に忘《わす》れないだろうと思う。

「ああ！　わたしの手！」はるか下のほうから、くやしそうな声がひびいてきた。ぼくの一番の親友はヒツジから少し下の出っぱりにすわって、体を左右にゆらしている。

ぼくはほっとして、泣《な》きだしてしまった。「おお、レーナ！」

「おお、レーナ、おお、レーナ！　そういってくれるのはいいけど、わたし、手が折《お》れちゃった」とレーナが下からどなった。

レーナがものすごく痛《いた》がっているのがわかった。でもレーナは泣《な》かない。レーナはそんなことはしない。こんなときでさえ。


自分がこの日どんなに走ったか、だれかに説明《せつめい》できればいいのに！　おじさんがただの一度もぼくたちにふりむかないで、どんなに遠くまで行ってしまっていたか、だれか想像《そうぞう》できるだろうか？　ぼくはレーナが出っぱりにそのまますわっているのがいやになって、自分の力でよじのぼるつもりになりはしないかと、心配でたまらなかった。だからぼくは走りに走った。口の中がからからになった。赤いレインジャケットの怒《いか》れるスーパーマンが空中を落ちていくようすが、目の前にちらついていた。そして急にはっきりわかったのだ。もしもレーナになにかあったら、ぼくはもう生きていられないのだと。

トールおじさんはいったいどこ？　ぼくは呼《よ》び、走った。ころんでまた飛《と》びおきて、また呼《よ》んだ。走って、頂上《ちょうじょう》まで来た。そこから先はくだりになる。そこでようやくおじさんを見つけた。腹《はら》が立って、心配で、ぼくは泣《な》きつづけた。

それから数日たって、ふたりでうちのヒバの木にのぼり、枝《えだ》にこしかけているとき、レーナがいった。

「いつでもヘリコプターで空が飛《と》べるのなら、わたし、何回でも岩から落っこちるわ」

レーナはおこったことすべてに満足《まんぞく》していた。——ことに気に入ったのは、ヘリコプターでつりあげられたこと。

「ギプスしてもらったあとで、ママとイザクとわたしで喫茶店《きっさてん》に行ったのよね。わたしが何回でもお医者さんに行くものだから、そのことよろこばなくちゃってふたりとも思ってるんじゃないかなあ」

レーナは笑《わら》って、ギプスをとんとんたたいた。

「あんたも一回落ちてみたいと思わない、トリレ？」

ぼくは笑《わら》ってしまった。けれどもなにもいわなかった。ほんとのことをいうと、レーナにはぼくの気持ちが少しもわかっていないと思う。レーナがいなくなったらどうしようとどんなに心配だったか。もしも、レーナがもっと下まで落ちていたら、どうなっただろう？　けれど、そのことはレーナにはいえない。でもぼくは、夜ベッドに入ったとき、どうしてもちょっぴり悲しい思いがわきあがるのをどうすることもできないのだ。もしも崖《がけ》の出っぱりにひっかかっているのがぼくだったら、レーナはあのときのぼくみたいには心配してくれなかっただろうなと。

レーナがなぐった

だれも病人はいないのに、イザクが突然《とつぜん》やってきた。レーナとぼくがクロケットをやっている庭へ、バイクを乗りいれてきたのだ。レーナはびっくりして、球をかきねに打ちこんでしまった。そんな自分のミスにも、レーナはおそろしく腹《はら》を立てる。

「わたし、どこもなんともないからね」とイザクにむかっていった。

イザクも、レーナがどこもなんともないのはけっこうだといった。「ちょっとふしぎなくらいだけどね。しかしともあれ、なによりだよ」

イザクがいうには、洗《あら》い場《ば》においてある、半分になったバイクののための部品をもってきたのだそうだ。

「ママはまだ帰ってきていないよ。それ、ママが頼《たの》んだの？」とレーナが疑《うたぐ》りぶかそうにたず

ねた。

「いや、ぼくからのプレゼントさ」とイザクがいった。

イザクはちょっとがっかりした顔だ。なんとなく気まずいらしい。よろこんでもらおうと意気ごんでやってきて、まず会ったのがラケットをもったレーナでは、もしぼくだって同じように気まずいだろうと思う。

「お母さんが帰ってくるまで、ぼくたちといっしょにやれば?」ぼくはレーナがなにかいう前に、あわてて口をはさんだ。

イザクもその気になった。レーナは一瞬《いっしゅん》だまりこんだが、かきねに飛《と》ばしたままになってい る球のことを思い出した。

「オーケー。じゃあ、最初《さいしょ》からやりなおしだね!」と、こんどは満足《まんぞく》そうにつぶやき、手をのばしてかきねのあいだから球をひろいだした。

イザクはそれからたびたびくるようになった。レーナの家の洗《あら》い場《ば》のバイクは半分だったのが、少しずつまともな一台になってきた。レーナは初《はじ》めの一週間は客についてなにもいわなかった。まるで、イザクという男などどこにもいないとでもいうような振《ふ》りだ。しかしある日、ぼくたちがヒバの木にのぼって、イザクとレーナのお母さんが花壇《かだん》にモミの枝《えだ》をかぶせるのをながめているとき、レーナがいった。「彼《かれ》、煮《に》たキャベツ好《す》きでない」

ぼくは枝《えだ》のあいだからもっとよく見えるように、少し前へかがんでいった。「キャベツのこと、そんなに大事なの、レーナ?」

レーナは肩《かた》をすくめた。それからじっと考えこんだ。「だけどキャベツなんてもの、なんのためにあるの、トリレ?」

そう聞かれれば、ぼくにだってわからない。ぼくのキャベツをおしつけられるパパが、なんとなく気《き》の毒《どく》な気がしてきた。「煮《に》たニンジンだって食べるよ。うちのパパのことだけど」なにかいわなくてはとあせって思いついたのが、これだ。

つぎの日レーナがうれしそうに報告《ほうこく》したところによると、イザクもニンジンを食べてくれたそうだ。レーナは煮《に》たニンジンをよぶんに三切《みき》れイザクに押《お》しつけて、イザクがそれをどうするか見ていたのだ。おじいちゃんが笑《わら》って「かわいそうな男よ」といった。レーナは走って家へもどっていった。かわいそうな男がたずねてきて、まだいるのだ。ぼくはレーナがかきねのすきまに入っていくのを見おくった。

「レーナはぼくといるより、イザクといるほうが楽しいんだね」ぼくはおじいちゃんにいった。

おじいちゃんはちょうど靴下《くつした》の穴《あな》をつくろっているところだった。鼻の上に眼鏡《めがね》をのっけたおじいちゃんはフクロウに似《に》ている。

「イザクみたいな男がいるのは、レーナにとっていいことだよ。なあ、トリレ、そこはおまえだって認《みと》めてやらなくちゃいけない」

「うん」ぼくはちょっと考えてからうなずいた。

おじいちゃんのいうことはたいてい、いつも正しい。

ニンジンのせいかどうか知らないけれど、そのころのレーナはとてもうきうきしていた。ぼくのおとなりさんはチョウチョの生まれかわりかしら、と思ったほどだ。変《へん》なたとえだし、レーナみたいなおとなりさんとのつきあいに慣《な》れていない人には、どうせわかってもらえないだろうけれど。

それが突然《とつぜん》、十一月末《すえ》の水曜日のことだけれど、レーナはすっかり元のレーナにもどった。

ただしいつもよりもっと怒《おこ》りっぽくなっていたけれど。それは朝、学校へ行くとき顔をあわせてすぐ気がついた。レーナはぼくにお早うもいわない。それは警戒警報《けいかいけいほう》の最高《さいこう》レベルなのだ。レーナがまた変《か》わったらしいのを見るのは、ちょっと、よかったという気もする。なんというか、そのほうがふつうだという気がするから。ぼくはだまっていた。いってもどうせ、なんにもならない。こんなときのレーナにはだれもしゃべりかけてはいけないのだ。だが、カイ・トミーはそれをやってしまった。いつものことだ。だが、こんどこそ、カイ・トミーは後悔《こうかい》することになった。

午前の〈おやつ〉の時間だった。ほとんどの子が食べおわって外へ出ようとしていた。エリシヴ先生は教卓《きょうたく》にむかってなにか書《か》き物《もの》をしていた。レーナがそばをとおりかかったとき、カイ・トミーは先生に聞こえないような小声でいった。「あ〜あ、どうやったらこのクラスから女子をほうりだせるかなあ」

レーナはかかとを軸《じく》にくるりとふりむいた。ぼくは背中《せなか》がむずがゆくなった。ほかの男の子たちも、なにかあるぞと気がついた。みんながいっせいにレーナとカイ・トミーのほうに目をむけた。レーナはクラッカーパンみたいに割《わ》れてはじけそう。おさげを横《よこ》っちょになびかせ、かんかんになっている。ぼくは思わず息をとめた。

「もう一回それいったら、あんたをどっかへふっとばすからね」とレーナがすごんだ。

カイ・トミーはせせら笑《わら》った。頭をレーナのほうへつきだしていった。「あ〜あ、どうやったらこのクラスから女子をほうりだせるかなあ」

がつんと音がひびいた。レーナ・リート、ぼくの一番の親友でおとなりさんのレーナが、カイ・トミーの顔面《がんめん》に一発《いっぱつ》くらわせたのだ。カイ・トミーはエリシヴ先生の机《つくえ》までふっとんだ。まるで映画《えいが》で見たシーンみたいだった。その映画《えいが》は十六歳以上《さいいじょう》でなければ見てはいけない映画《えいが》だけれど、それでもぼくは見たのだった。

レーナが、やっとギプスをはずしたばかりの手でやった。その後、一週間も二週間もみんながうわさするほどのきつい一発《いっぱつ》だった。

床《ゆか》から聞こえるカイ・トミーのうめき声以外《ごえいがい》は、しんとしてなんの音もしない。ぼくたちはみなショックをうけて——エリシヴ先生もだ——呆然《ぼうぜん》と立っていた。あたりまえだ。ひとりの生徒《せいと》がほかの生徒《せいと》の頭を、ひびでも入りそうなくらい力いっぱいなぐりつけたのだから。レーナがドアをあけて、外へ飛《と》びだしかけたとき、先生が大声でさけんだ。

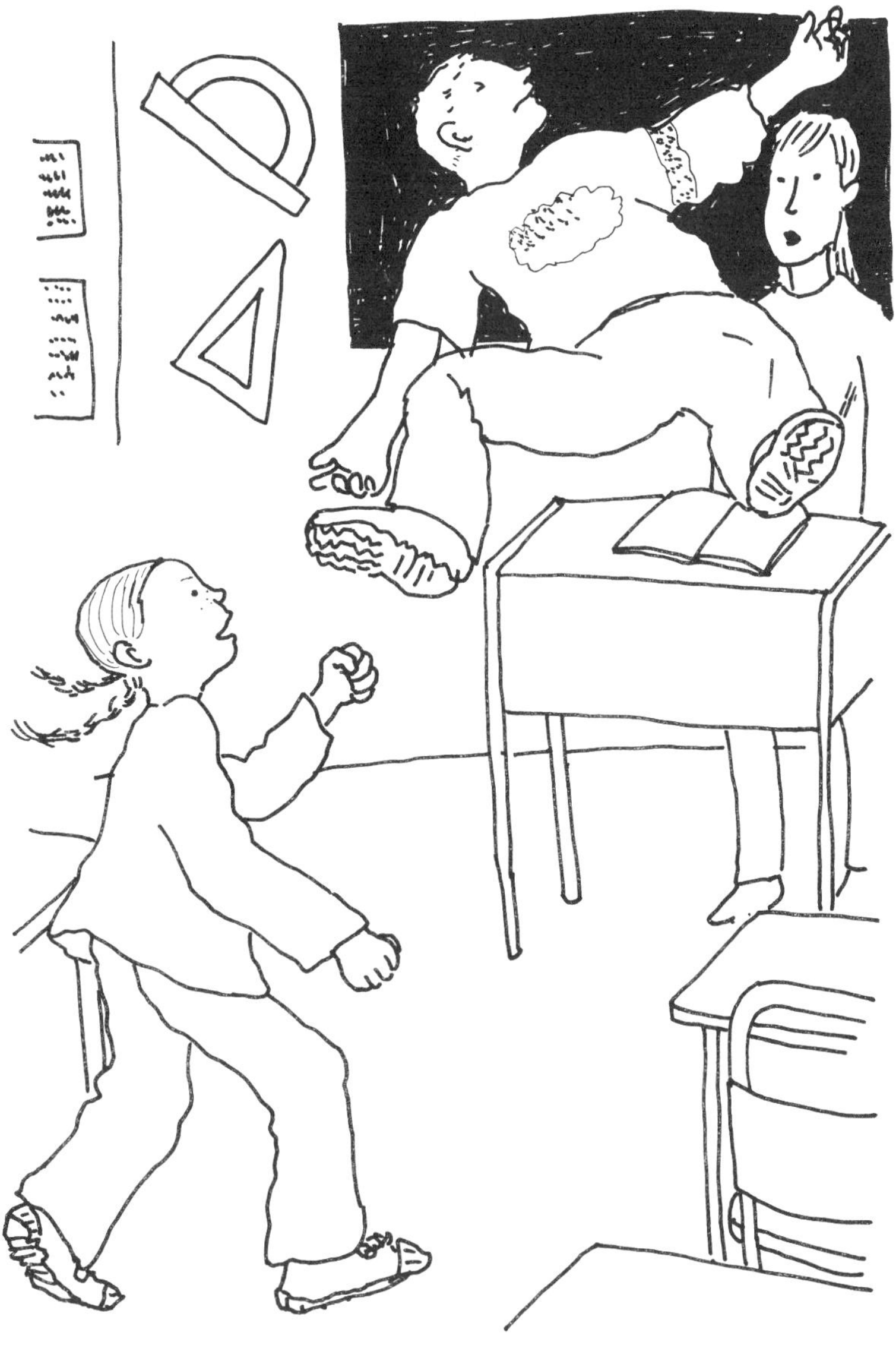

「レーナ・リート、どこへ行くの？」

レーナはふりむいて、先生の顔を見た。「わたし、校長室へ行きます」


その日、レーナはこんなときいつでもかならず聞かされる、たくさんのお説教《せっきょう》を聞かされた。それでもカイ・トミーにはあやまらなかったそうだ。レーナがぼくにいったことだが、校長先生にだけはあやまって、それでゆるしてもらえたらしい。レーナは家あての手紙をもたされて、それを手といっしょにジャケットの内側《うちがわ》におしこんでいた。

「レーナ、きみがクラスにいるのはすごくいいことだって、みんないっているよ。学校じゅうで、きみが一番すごい女の子だってさ。ぼくはみんながそういうのを、この耳で聞いたんだ」とぼくはいった。

それはほんとうだ。その日、レーナをわるくいう男子はひとりもいなかった。

「いくらそうでも、なんにもならない」レーナが悲しそうにいった。

「どうして？」

レーナはこたえてくれなかった。

ぼくたちが家へもどると、イザクが来ていた。ちょうどいいところだった。レーナは手をひどく痛《いた》がっていたから。

「あのカイ・トミーの頭って、ほんとにかたいんだから」とレーナがいって、手紙をイザクにわたした。イザクがその手紙をレーナのお母さんにまわした。

「ああ、レーナ、あんたっていったいどういう子なの」とお母さんがため息をついた。

イザクが、レーナの手がまた折《お》れたのではないか心配だといった。

「これじゃあ、ずいぶんふっ飛《と》んだんだろうね、そのカイ・トミーって子は」とイザクが、ちょっと感心したようにいった。

それでぼくはキッチンの中を歩いて、その距離《きょり》をイザクに見せた。何歩かよぶんに歩いたのだが、それはレーナにいいところを見せたい一心《いっしん》からだった。

雪

いつ冬が来たか、それをいうのはむずかしい。冬はいつでもひっそりと、こっそりとやってくるのだから。けれどもママがぼくに、もう長いズボン下《した》をはかなくちゃねと言いだせば、まもなく冬になるという意味だ。そしてとうとう長いズボン下《した》の季節《きせつ》がやってきた。長いズボン下《した》なんて、いやなものだ。少なくとも、ジーンズをその上にかさねてはくときには。ぼくはレーナの家のベルをおす前に、三回家のまわりをまわって、長いズボン下《した》をはき慣《な》らした。

「きみも長いズボン下《した》？」とぼくはたずねた。

ううん、とレーナがいった。雪がふるまで待つつもりだそうだ。

ぼくたち、レーナとぼくは外をのぞいてみた。そしてレーナが長いズボン下《した》をはかなくてはならない日ももうすぐだね、と言いあった。水たまりには氷がはっている。フィヨルドの対岸

では一番高い山の頂上《ちょうじょう》は、もう神さまがふりかけた粉砂糖《こなざとう》をかぶっている。

「雪がふるのって、楽しみだね」とぼくはレーナにいった。

うん、まあそうだねとレーナはぼくに賛成《さんせい》した。しかしこの日、レーナはそれほど機嫌《きげん》がいいとはいえない。ぼくにはなにがどうなっているのかわからない。レーナはふつうなら、雪がふれば犬はしゃぎする子なのだから。けれどもぼくは、レーナの機嫌《きげん》について、あれこれ考えはしない。考えたってどうにもならないのだから。


つぎの日、ぼくはまたパパと大《おお》おばちゃんのところへ行くことになった。大《おお》おばちゃんは雪が好《す》きではないそうだ。だって、もう雪《ゆき》かきは無理《むり》だから。雪《ゆき》かきするには年をとりすぎたんだって。ぼくも、雪《ゆき》かきなんて仕事さえなければ、冬がもっと好《す》きになるのだけれど。わざわざ雪《ゆき》かきなどせずに、しぜんに消えるまでそのままにしておけばいいのだ。それとも、パパがどけてくれるまで。

大《おお》おばちゃんはパパとぼくがワッフルを食べるあいだ、いろいろお話をしてくれた。外が寒いので、ワッフルがいつもよりずっとおいしい気がした。ぼくは足をソファーの上にひきあげて、大《おお》おばちゃんにくっついていた。ものすごく気持ちよくて、胸《むね》がしめつけられるような感じさえした。大《おお》おばちゃんはぼくが知っているうちで、一番心が大きくて温かい。たった一つこまったことがあって、それは編《あ》み物《もの》だ。ことに今はクリスマスが近い。大《おお》おばちゃんがもっとワッフルをもってこようとキッチンへ行ったすきに、ぼくはソファーのうしろのバスケットをのぞいてみた。やっぱり編《あ》み物《もの》。大きな山になっている。大《おお》おばちゃんはクリスマスにはいつでも、ぼくたちに編《あ》んだものをプレゼントしてくれる。ほかのことではあんなに賢《かしこ》い大《おお》おばちゃんなのにどうしてそれがわからないのかと、ぼくはふしぎでたまらない。手編《てあ》みのセーターを着るというのは、ものすごく恐《おそ》ろしいことなのだ。ちくちくするし、見たところもかっこわるい。ぼくはおもちゃ屋で買ったものをプレゼントしてもらったほうがよっぽどうれしい。けれど、ぼくがもう千回もそのことをいったのに、大《おお》おばちゃんはどうしても、そういう新しい考え方をわかってくれないのだ。

家へ帰るとき、ぼくはもう一度大《おお》おばちゃんの寝室《しんしつ》へ行って、ベッドの上にかかったイエス・キリストの絵をながめた。そこへ大《おお》おばちゃんも来たので、ぼくはレーナがイエスのまねをするつもりで岩から落っこちた話をした。話しているあいだに、ぼくは自分がそのとき、どんなに心配だったかを思い出した。

「ぼく、ときどき、レーナがいなくなったらどうしようって不安《ふあん》になるんだよ」とぼくはいった。「だけど、レーナはぼくがいなくなったらなんて不安《ふあん》は、少しも感じてないと思う」

「それはね、レーナはそんな心配をする必要《ひつよう》がないからよ」と大《おお》おばちゃんがいった。「あんたがほんとに真心《まごころ》のある子どもだってわかっているからね、トリレ」

そこでぼくは、ほんとにそうかどうか、自分の心に聞いて、考えてみた。そして、ぼくには真心《まごころ》があると、自分でも思ったのだった。

「ねえ、大《おお》おばちゃん、大《おお》おばちゃんは不安《ふあん》になることないって、ほんとう?」

大《おお》おばちゃんはぼくの首すじを手でなでた。

「ときどきはちょっぴり不安《ふあん》になることだってあるよ。だけど、そんなときはこの絵を見るの。するとね、イエスさまがわたしを守ってくださることがわかるの。だからこわがらなくてもいいのよ、トリレ。それに、こわがったって、どうなるものでもないしね」

「これはとてもきれいな絵だね」とぼくはいった。そして雪がふったらまたくるよと約束《やくそく》した。いやな仕事でも、大《おお》おばちゃんのためなら雪《ゆき》かきをしてあげようと思ったのだ。すると大《おお》おばちゃんは、しわだらけでやさしい大《おお》おばちゃんキスをぼくのほっぺたにしてくれた。おまえが雪《ゆき》かきをしてくれても、それともしてくれなくても、山ほどワッフルを焼《や》いてあげるよ、と大《おお》おばちゃんはいった。

日曜日に雪がふった。

そして日曜日に大《おお》おばちゃんが死んだ。

ぼくを起こして、そのことを知らせてくれたのはママだ。初《はじ》めに、雪がふったよといって、それから、大《おお》おばちゃんが亡《な》くなったといった。順序《じゅんじょ》がちがうじゃないか。まず大《おお》おばちゃんがもういなくなったといって、それから雪がふったよといえば、ちょっとはぼくにも元気が出たのに。ぼくの中で、なにかがどうかなってしまった。ぼくはしばらく、ママが頭をなでてくれるあいだ、そのまま横になっていた。

変《へん》な一日になった。パパとおじいちゃんまで泣《な》いた。それがすごくつらかった。もう大《おお》おばちゃんがいないということで、世界がすっかり変《か》わってしまった。そして、外は雪だった。

ぼくはそのあと、スキーウェアを着て家畜小屋《かちくごや》のうしろへまわった。そこで、体をのばして横になった。頭の中でいろいろな思いがうずまいた。雪の一《ひと》ひら一ひらのように。元のままでいるものなど、一つもない。大おばちゃんは昨日《きのう》は生きていた。今日はもう死んでしまっている。もしも今、このぼくが死んだらどうなる？　子どもだって死ぬことはある。レーナの遠い親戚《しんせき》の子は交通事故《こうつうじこ》で死んだそうだ。やっと十歳《さい》で。死とはまるで雪のようなものだ。いつやってくるのか、わからない。まあ、雪がくるのはたいてい冬にきまってはいるけれど。

ひょっこりとレーナがあらわれた。グリーンのスノーウェアを着ている。

「わたしも長ズボン下《した》はいた。あんた、どうしてこんなところで寝《ね》ているの？　まるでだらんとしたニシンみたいに見えるよ」

「大《おお》おばちゃんが死んだ」

「おお……」

レーナは雪の上にすわり、しばらくなにもいわなかった。

「心臓発作《しんぞうほっさ》？」少したって聞いた。

「心臓発作《しんぞうほっさ》」とぼくはこたえた。

「なんてこと」とレーナがいった。「今日みたいな日にね。雪がふっていいことがありそうだったのに」

「だれかがほんとに死んでしまったなんて、どうしても思えないことがあるものよ」夜、ママがいった。ママの腕《うで》はあたたかい。抱《だ》かれるとほっとする。ママがいうとおりだ。ぼくにはわからない。大《おお》おばちゃんにもう会えないなんて、想像《そうぞう》するだけで変《へん》な気がしてくる。

「もし会いたいのなら、もう一度だけ顔を見ることはできるのよ」とママがいった。

ぼくはこれまで、死んだ人を一度も見たことがない。しかし、ぼくは火曜日にもう一度だけ大《おお》おばちゃんを見ることになった。ぼくはこわかった。レーナがいうには死んだ人はみんな顔が青くて、心臓《しんぞう》で死んだ人はとくに青いのだそうだ。マグヌスとミンダもこわがっていると、ぼくは思った。でもクレラだけは笑《わら》っていた。

だけど、あまり気味わるくはなかった。大《おお》おばちゃんの顔は青くなっていなかった。眠《ねむ》っているようだった。ぼくは自分の目が信《しん》じられなかった。死んだなんていうのは、まちがいではないかしら？　ぼくは長いこと大《おお》おばちゃんのまぶたを見つめていた。けれど、まぶたはいつまでたってもとじたままだった。もしも大《おお》おばちゃんがまぶたをひらいたなら、いってくれたかもしれない。「まあ、トリレ、なんておめかししてるの！」と。だって、ぼくは、大《おお》おばちゃんは死んでしまってもう見てもらえないのに、きれいな服を着ていたのだから。ぼくは家へ帰るとき、大《おお》おばちゃんの手をにぎった。冷《つめ》たかった。雪みたいだった。手は死んでいた。

葬式《そうしき》は木曜日だった。葬式《そうしき》なら、ぼくは前に一度参列《さんれつ》したことがある。レーナも来た。レーナも大《おお》おばちゃんをよく知っていたから。レーナには葬式《そうしき》はかなり退屈《たいくつ》だったと思う。ぼくは泣《な》かなかった。

「大《おお》おばちゃんはもう天にいるのよ」家へ帰ったとき、ママがいった。

それはどうも信《しん》じられない。だって、墓地《ぼち》では今ごろ、大《おお》おばちゃんの棺《ひつぎ》にみんなで土をかぶせているはずなのだから。

「ほんとなの？」しばらくあとで、ぼくはおじいちゃんに聞いた。「大《おお》おばちゃんが天にいるってこと」

おじいちゃんは自分の揺《ゆ》り椅子《いす》にこしかけて、ぼんやりと前を見ていた。きれいな背広《せびろ》を着たままだ。

「そうさ、教会のアーメンと同じくらいほんとうのことだよ、わしの小さなトリレ。天使たちは高いところで楽しく暮《く》らしているよ。われらはここにすわり……」

おじいちゃんはそれしかいわなかった。

クネルト・マチルデじゅうが悲しみにしずんだ。十二月の初《はじ》めの日々《ひび》はひっそりと、いつもとちがった空気と花束《はなたば》にあふれてすぎた。ぼくたちみんながおばあちゃんのことをかんがえて、さびしい気がしていた。

とうとうレーナがうちのドアをがたんとあけた。壁《かべ》がゆれるほどの音だった。そしてぼくに、いいかげんに出てきて雪合戦《ゆきがっせん》をやらなくちゃだめ、といった。

「それともあんた、脳《のう》しんとうでもおこしちゃったの？」

スノーウェアのレーナは見るからにじりじりしていた。

そこでぼくたちは雪合戦《ゆきがっせん》をやった。レーナとぼくとで。たしかに気分がすかっとした。そのあとでレーナの家へ行ってみたくなった。ずいぶん長いこと行っていないから。

「来ちゃだめ」レーナがきっぱりといった。

ぼくはそんなことをいわれるとは思っていなかったので、びっくりした。しかし、おとなりさんの口調《くちょう》があまりにきっぱりしていたので、どうしてとは、聞かないほうがいいと思って、なにもいわなかった。レーナの家ではすごく大きなクリスマスプレゼントでも用意して、秘密《ひみつ》にしているのだろうか?


今年もクリスマスは来た。けれど、大《おお》おばちゃんがいないから、いつもとは全然《ぜんぜん》ちがうクリスマスだ。テーブルの大《おお》おばちゃんの席《せき》にはだれもすわっていない。プレゼントの包装紙《ほうそうし》のしわをのばして、こんなきれいな紙をむざむざ捨《す》てるなんてもったいない、という人はいない。モミの木のまわりをまわりながら、かん高《だか》いおばあさん声でうたう人はいない。飼《か》い葉《ば》おけのそばへみんなを連《つ》れていき、クリスマスの福音書《ふくいんしょ》を読んで聞かせる役はママがつとめる。そし

てぼくは手編《てあ》みのセーターをもらわない。そのことで悲しい思いをするなんて！

あとになってから、レーナが〈クリスマスおめでとう〉を言いにきた。ぼくたちはいっしょに二階へあがった。ロープわたりの窓《まど》から見ると、レーナの部屋のカーテンがしめきってあった。ぼくに見られてはこまるものってなに？　ぼくがレーナからクリスマスプレゼントとしてもらったのは、ありふれた膝当《ひざあ》てだった。そんなもの、くれなくたっていいんだ。もう二週間近くもぼくを家へ入れずにいたあとで、こんなものなんか。

「天は星より上にあるの？」とレーナが聞いた。ぼくがもっとほかのことを聞こうとするのを先まわりして。

ぼくも空を見あげた。そしていった。そうだと思うよ。大《おお》おばちゃんは天使やイエスのあいだをあっちへ行ったりこっちへ行ったりしているにちがいないよ。きっと、みんなに手編《てあ》みのセーターをクリスマスプレゼントにとどけているんじゃないかなあ。

「きっとみんな、羽のあいだがちくちくするといっているよ」とぼくはいった。「みんなって、天使のことだけどさ」

けれどもレーナは天使を気《き》の毒《どく》だとは思わないそうだ。

「だって、ワッフルもいっしょにもらっているにきまってるもの」

そのときぼくは、まだレーナに話してないことがあるのを思い出した。「ぼく、かたみの品《しな》をもらったよ。大《おお》おばちゃんの家にあるものを、なにか一つえらぶようにいわれたんだ」

「家じゅうのものの中からえらばせてもらったの？」とレーナが聞いた。

ぼくはうなずいた。

「あんたがもらったものはなに？　ソファー？」

「ぼくはイエスの絵にした。今はぼくのベッドの上にかけてある。もうこわがることがないようにね」

レーナはしばらくだまっていた。ぼくがソファーかなにか、もっと大きいものにしなかったので不満《ふまん》なのかと思った。けれど、そうではなかった。

レーナは窓《まど》ガラスに顔をくっつけて、顔をひしゃげさせた。

生まれてから一番悲しい日

大《おお》おばちゃんが死んだとき、ぼくは考えたものだ。こんなに悲しいことはずっとずっと先までおこらないだろうと。けれど、それはまちがいだった。

「トリレ、けさはどう？」ママがクリスマスのつぎの朝、ぼくに聞いた。ぼくがちょうどパンにレバーペーストをぬっているときだった。ママがぼくの横にすわった。

「うん、いいよ」とうなずいて、ぼくはママに笑《わら》いかけた。

「でもきっと、つらいんじゃない？　ねえ、レーナが引っこすってこと」

口の中のパンのかたまりがどかっと大きくなった。どんどんふくらんでいく。

「どういうこと？　引っこすって？」パンで喉《のど》がつまって、息ができない。

ママがぼくを見つめた。まるで、ぼくがぼくでない、どこかのだれかみたいに。

「レーナは引っこすことといわなかったの？　あそこではもう何週間も前から荷造《にづく》りしてたのに！」ママがびっくりしてさけんだ。

ぼくはパンをのみこもうとした。しかしパンは舌《した》にはりついて、うごかせない。

ママがぼくの手をにぎりしめた。「ねえ、トリレ。あんた、少しも知らなかったの？」

ぼくはうなずいた。ママはぼくの手をもっと強くにぎって話しはじめた。レーナのお母さんは、レーナが生まれたとき途中《とちゅう》でやめた芸術《げいじゅつ》学校へもう半年通いたいと思っていた。こんどその希望《きぼう》がかなって、町へ引っこすことになった。暮《く》らすのはイザクのところだって。レーナにもひょっとしたら、まともなパパができるかもしれない。

ぼくは口の中のレバーペーストパンをのみこむことも、吐《は》きだすこともできずにいた。レーナはほんとに引っこしてしまうの？　ずっと荷物づくりをやってて、ぼくにはひと言もいわずにかくしてた？　そんなことあっていいわけがない！　ママがぼくのことをかわいそうに思っているのが、顔に出ている。ぼくがママだって、同じような顔をするにきまっている！

だからぼくは、レーナの家へ来てはいけないといわれていたんだ。ぼくは飛《と》びあがって、椅《い》子《す》をうしろへひっくりかえした。玄関《げんかん》ではあわててマグヌスの靴《くつ》をひっかけた。かきねのすきまをおしあけてとおりぬけた。あたりはうす暗くて、レーナの家の前の段《だん》だんでつまずいた。そのひょうしに口の中のパンをのみこみそこねた。咳《せき》をしながら、ますますかっかして、レーナがよくやるように力まかせにドアをあけ、中へ飛《と》びこんだ。

ダンボール箱があちこちに積《つ》んである。そのダンボール箱のうしろから、レーナのお母さんが出てきた。ふしぎそうな顔だ。お母さんとぼくは相手の顔を見ながらそのまま向かいあっていた。ぼくは急に、なにをいえばいいのかわからなくなった。ダンボール箱がすべてを変《か》えてしまった。そこはもうそれまでのレーナの家でなくなっていた。

レーナはキッチンにいた。ぼくはまっすぐにレーナの前まで行った。どなりつけたかった。いつもレーナがやるように。すっかりがらんとしてしまったキッチンにひびきわたるほど、大声でどなりたかった。だまって引っこしするなんて、いくらなんでもひどいじゃないかと、正面からレーナの顔にぶつけたかった。ぼくは口をあけかけた。けれども、それができなかった。レーナはもう、ぼくの知っているレーナでない。

「ほんとに引っこすの?」ようやく出てきたのは、ささやきのような小さな声。

レーナは顔をそむけ、窓《まど》に目をむけた。窓《まど》にうつったぼくの顔を見ている。ぼくたちは黒い窓《まど》にうつるおたがいの顔を見つめあった。レーナは立ちあがり、ぼくをおしのけた。自分の部屋へ行ってしまった。部屋のドアがしずかにしまった。

レーナのお母さんが手にもっていたものを床《ゆか》に落とした。

「あんた、知らなかったの、トリレ？」とお母さんがいった。テープの切れはしが髪《かみ》の毛にはりついている。ダンボールの箱をまたいでぼくのそばへ来て、ぼくを抱《だ》いた。「ごめんね！できるだけここへくるわ。約束《やくそく》する。町とはそれほどはなれていないんだもの」

その週の残《のこ》りは、レーナもぼくもそれぞれ自分の部屋から出ずにいた。

「外へ出て、レーナがまだいるうちにいっしょに遊べば」とママが何度もいった。けれどぼくは、レーナの気持ちがわかっているのはぼくだけだと知っていた。ぼくたちはもう、いっしょに遊ぶことなどできないのだ。

大みそかにぼくの家でお別《わか》れ会をした。ごちそうがたくさんならび、花火もあげた。イザクも来ていた。ぼくはイザクともレーナとも、しゃべりたくなかった。ついでにいうけど、レーナもだれともしゃべらなかった。ずっと不機嫌《ふきげん》な顔をしてすわっているだけだった。くちびるを一直線《いっちょくせん》にとじて。そのくちびるが一度だけまるくなったのは、おじいちゃんがキャンディーをおしこもうと両ほおをおさえたときだった。

年が明けて引っこしトラックが来たとき、ぼくはロープわたり窓《まど》から、男たち、レーナのお母さん、イザクがダンボール箱を白い家からはこびだすのを見ていた。一番最後《さいご》にレーナが出てきた。みんなはレーナもかつぎださなければならないのかと思っていたけれど、レーナは自分で歩いて、イザクの車の後部座席《こうぶざせき》にすわった。ぼくは、ぼくも出ていかなくちゃと気がついた。まず自分の部屋へ行って、壁《かべ》からイエスの絵をはずした。

レーナはぼくを見なかった。厚《あつ》い車のガラスがふたりをへだてていた。ぼくが窓《まど》をたたくと、レーナが急に窓《まど》をさげた。あまり急だったので、ぼくはちょっとびっくりした。窓《まど》は少しさがって、すきまができただけだ。そのすきまは、ぼくがイエスの絵をおしこんで、「さよなら」とつぶやくには十分だったけれど、レーナがなにかいうには狭《せま》すぎた。

「さよなら」ぼくはもう一度ささやいた。レーナはぼくがわたした絵をしっかりと両手でかかえ、あいかわらずそっぽをむいていた。
そして、みんな行ってしまった。

その夜は悲しかった。どうしていいかわからなかった。眠《ねむ》ることなんてできなかった。パパにはそれがわかったらしい。ぼくにおやすみをいってからずっと後になって、上へあがってきてくれた。ギターをかかえて。

ぼくはなにもいわなかった。ベッドのはしにすわったパパもなにもいわなかった。しばらくしてから、パパがちょっと咳《せき》ばらいしてギターを弾《ひ》きはじめた。〈トリレ・トラレン〉だ。ぼくがうんと小さかったころパパがつくってくれた、ぼくだけのための歌だ。それを弾《ひ》きおわってから、パパがいった。「聞きたいかい、トリレ？」

今日新しい歌をつくったのだそうだ。題は〈悲しい息子《むすこ》、悲しい父さん〉。

ぼくはちょこっとうなずいた。冬の風が家のまわりにしずかに吹《ふ》いて、みんなが眠《ねむ》ってしまってから、ぼくのパパはぼくのために〈悲しい息子《むすこ》、悲しい父さん〉を弾《ひ》いてくれた。部屋は暗くて、パパの顔はほとんど見えない。ぼくはただ聞いていた。

突然《とつぜん》、パパというものがなんのためにいるのか、ぼくにはわかった。

歌がおわると、ぼくは泣《な》いていた。泣《な》きやめることができなかった。ぼくは、レーナがパパをもっていないことで、大《おお》おばちゃんが死んでしまったことで、ぼくの一番の親友が、ぼくに〈さよなら〉もいわずに引っこしてしまったことで泣《な》いた。

「ぼく、もう起きあがれそうもないよ！」

パパが、それでもかまわないよといった。パパが食事をはこんであげる、堅信礼《けんしんれい》まで寝《ね》ていたってかまわないよといった。それでぼくはもっと泣《な》きつづけた。そういうことになったら、ぼくの人生はうんとひどいことになりそうだと思いながら。

「ぼく、もう楽しい気分にはなれない？」とぼくは聞いた。

「なれるともさ、また楽しい気分になれるにきまっているよ、トリレ」とパパがいって、ぼくをひっぱって膝《ひざ》の上にのせてくれた。小さな赤《あか》ん坊《ぼう》のように。

その夜、ぼくはいつのまにかそのまま眠《ねむ》ってしまったらしい。もし眠《ねむ》ったら、いつまでもそのまま目がさめなければいいと思っているうちに。

おじいちゃんとぼく

つぎの朝、ぼくはまた起きた。

「ぼく寝《ね》たままでいなくちゃいけないってことはないよね?」とおじいちゃんに聞くと、おじいちゃんもぼくに賛成《さんせい》してくれた。

「そうだよ。寝《ね》てばかりいてもなんにもならん。そうだろ?」

けれど、ぼくは楽しくはなかった。何日かたって、楽しそうな顔はしていても。ぼくは走りまわり、だれかがやさしい声をかけてくれれば、無理《むり》に笑顔《えがお》を見せようとした。だって、みんなはぼくにやさしかったのだもの。けれどもぼくの中身《なかみ》は悲しいばかりだった。ときどきぼくは、なにかをしている途中《とちゅう》で突然《とつぜん》それをやめて、どうしてなにもかも急に変《か》わってしまうのだろうと考えずにはいられない。だって、ほんの少し前まではクネルト・マチルデには大《おお》おばちゃんワッフルがいっぱいあった。レーナの声やレーナの立てる音がひびきわたっていた。それなのに、ぼくが好《す》きだったそういうすべてのものが消えてしまった。ぼくにはもういっしょに学校へ行く連《つ》れもいない。遊び相手はクレラしかいない。ロープわたりの窓《まど》にいっしょによりかかる相手もいない。いつのまにかあらわれたのは、ぼくの中の大きな、どうしても消えようとしないごつごつしたかたまりだけ。そのかたまりは主にレーナがいなくなったことから来ている。ぼくはそう感じている。木を見てものぼる気になれず、足はもう水たまりを飛《と》びこそうともしない。レーナは食事ともなにか関係《かんけい》があるのかもしれない。ぼくはもう、なにを食べてもおいしくない。レバーペーストパンでもアイスでも味の区別《くべつ》さえつかなくなった。ぼくは食べることになにか意味があるのか、と考えたことさえある。そのことをおじいちゃんにいうと、おじいちゃんがいった。じゃあ、味がわからない今、煮《に》たキャベツを食べ、肝油《かんゆ》をのんでみたらどうだと。ぼくを元気づけようと、わざとからかっているのだ。

「この機会《きかい》をうまく使うんだよ、おまえ！」

こんなことをいってくれるおじいちゃんはぼくの生活にのこっている一番の宝物《たからもの》だ。おじいちゃんは、叱《しか》りはしないで、なんでもわかってくれる。それに、おじいちゃんも毎日、なにかがない、だれかがいないという思いで暮《く》らしている。だれでもみんな、なにかを恋《こい》しがっている。ぼくたちはみんな大《おお》おばちゃんが恋《こい》しい。みんなレーナが恋《こい》しい。みんなレーナのお母さんがいないとさびしい。けれど、その気持ちがいちばん強いのはおじいちゃんとぼくだ。ふたりは朝起きてから夜寝《よるね》るまで、一日じゅうさびしい。いない人が恋《こい》しい。

一週間がすぎて、レーナのいない初《はじ》めての金曜日になった。おじいちゃんとぼくはキッチンの小さなテーブルにすわって、風の音を聞いていた。ぼくは学校からもどったところだった。ぼくはひとりで学校へ行き、ひとりでもどった。家へついたときはぐっしょりぬれていた。雪《ゆき》解《ど》けの泥《どろ》と涙《なみだ》とで。家にいたのはおじいちゃんだけだった。おじいちゃんがコーヒーをいれ、ぼくは角砂糖《かくざとう》を十個《こ》とコーヒーを半分もらった。あきれたものだ！　角砂糖《かくざとう》十個《こ》だよ！

ぼくはおじいちゃんにその日のことを話した。クラスの男子はレーナがいなくなってから、すっかり退屈《たいくつ》している。しずかだけれど、変《へん》で、女子がいなくなっても、カイ・トミーのことばとはうらはらに、クラスはそれほど完全《かんぜん》にはならない。ぼくはだまりこんで、角砂糖《かくざとう》をつぶしては粉《こな》にした。レーナがもうぼくのクラスへこないと思うだけで悲しくなって、ぼくの胃《い》はひきつってくる。

「おじいちゃん、ぼくレーナに会いたいよ」というと、また泣《な》かずにいられなくなった。

するとおじいちゃんはまじめな目でぼくを見ていった。ひとを恋《こい》しがるのは、悲しい気持ちのうちでもいちばんうつくしい気持ちだよと。

「な、トリレよ、悲しいのはだれかがいなくてさびしいからだ。そのだれかを好《す》きだから、いなければさびしいんだよ。だれかを好《す》きだという気持ちは、この世の中で一番うつくしいことだ。だがな、わしたちが恋《こい》しがっている人間は、じつはわしたちの心の中にいるんだよ」

おじいちゃんが胸《むね》をたたいたので、その音がぼくの耳にもひびいた。

「おお……」ぼくは袖《そで》で目をふいた。「だけどおじいちゃん、胸《むね》の中にいる人間と遊ぶことはできないよ」といって、おじいちゃんと同じように胸《むね》をたたいた。

おじいちゃんがうなずき、ため息をついた。おじいちゃんはぼくの気持ちをわかってくれた。

ぼくたちは、おじいちゃんもぼくも、だまってしまった。風が家のまわりを吹《ふ》いて、その音が聞こえた。ぼくは外へ行って、ひとりでそり遊びをする気にもなれない。

ぼくが上へ行くと、ママが昼食にぼくの好物《こうぶつ》をつくって待っていてくれた。一週間のあいだに同じ料理《りょうり》がもう三回だ。ママにいったほうがいいのかもしれない。なにを食べてもおいしくないと。けれど、ぼくはいわずにおいた。夜ベッドに入ったとき、ぼくの笑《わら》い筋肉《きんにく》はどうなってしまったのだろう、と考えた。きっと、つくり笑《わら》いでくたびれて、完全《かんぜん》にダウンしてしまったのだ。

ぼくはお願《ねが》いした。

「神さま、どうか元のように、食べ物の味がわかるようにしてください」

腹《はら》の中の悲しいかたまりがぼくを眠《ねむ》らせてくれない。ぼくは横になったまま、外の風の音を聞いていた。窓《まど》ガラスになにかがあたった。

「なんだろう」とつぶやいて、ベッドの上に起きあがった。

もう一度音がした。ああ、ベッドの上にイエスさまがいてくれたらよかったのに！　ぼくがパパとママのところへ走っていこうとしたそのとき、おさえた声が聞こえた。「ちょっと、はやく窓《まど》をあけてよ、とんま！」

ぼくはあわてて窓《まど》へかけつけた。外にレーナが立っていた。真夜中《まよなか》なのに。

「窓《まど》ガラス割《わ》らなくちゃだめかと思ったわ。あんたに聞こえるように」ぼくが窓《まど》をあけると、レーナがもんくをいった。

ぼくはことばが出なかった。レーナがぼくの目の前に立っている。リュックサックを背中《せなか》に、帽子《ぼうし》を頭に。レーナにはもう百年も会っていない。とにかくぼくはそんな感じがした。レーナもそのまましばらくなにもいわず、ぼくを見ていた。パジャマ姿《すがた》のぼくを。

「寒いよ」とレーナがいった。

ぼくたちはキッチンにすわり、なまぬるいお湯をいっしょに飲んだ。それが一番音を立てずにできることだったから。レーナは帽子《ぼうし》をかぶったまま。何時間も歩きとおしで、すっかりこごえている。歯ががちがちと鳴った。

「わたし納屋《なや》へ行く」とレーナがいった。

「納屋《なや》？　うちの？」

レーナがうなずいた。すすり泣《な》きがもれてきた。レーナは泣《な》くまいとしている。ふつうの顔に見せようとがんばっている。そのせいで、ちょっとのあいだかなりおかしな顔をしていたが、とうとう涙《なみだ》が出てきた。レーナが泣《な》いた。泣《な》かないはずのレーナ・リートが泣《な》いた！

「レーナ」とぼくはいった。そしてうんとそっとレーナのほっぺたをなでた。

ぼくはそれからどうすればいいかわからなかった。レーナは手をふりまわしてぶつとかなんとかするかもしれない。ぼくがもしも、もっとちゃんとなぐさめようとすれば。

「あんた、シュラフみたいなものもってない？」少しむっとした声でレーナがいった。

「もってる」

その夜、ぼくがベッドにもどったとき、ぼくの一番の親友がまたクネルト・マチルデにまいもどったと知っているのは、ぼくひとりだった。レーナは納屋《なや》で、毛布《もうふ》とシュラフにくるまり、干《ほ》し草《くさ》のあいだで寝《ね》ていた。たったひとり、まっ暗な納屋《なや》で寝《ね》るのはこわいだろうけれど、レーナは石みたいにぐっすり眠《ねむ》ったにちがいない。そばの干《ほ》し草《くさ》の中にイエスの絵がおいてあるのだから。こんな秘密《ひみつ》のできごとはぼくには初《はじ》めてだ。そしてぼくはうれしかった。今までに一度も感じたことがないほどに。

ソリ事故《じこ》とダブル脳《のう》しんとうと空飛《そらと》ぶニワトリ

つぎの朝、ぼくは夜中になにがあったのか、すぐには思い出せなかった。まず感じたのは、自分が幸福だという気持ち。それからすべてを思い出したのだが、その瞬間《しゅんかん》には、それが現実《げんじつ》におこったことでなく、夢《ゆめ》で見たことのような気がした。ぼくは飛《と》びおきた。風はおさまって、フィヨルドは青く、鏡《かがみ》のようにしずかだった。雪と太陽と海とが、あたりをこれまで見たことがないほど、すっきりと明るくしていた。

下へおりていくと、ママが電話しているところだった。ぼくが外へ走り出たことにだれも気がつかない。ぼくは納屋《なや》へかけつけた。とても寒くて、水たまりにはった氷も、上に乗っても割《わ》れないほど固《かた》い。ぼくの心臓《しんぞう》は軽《かる》くおどって、ためしてみようとすれば空中を飛《と》べそうな気がした。

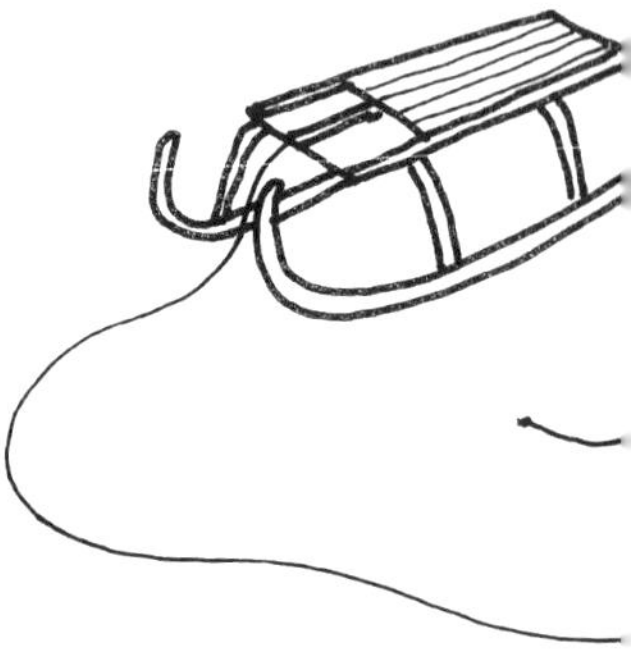

天気がいいと、納屋《なや》の中は外からさしこむ光の縞《しま》があちこちに見える。まるで教会の中のようだ。ぼくはレーナが寝《ね》ているすみへむかった。戸口からできるだけはなれた、干《ほ》し草《くさ》の山のうしろだ。

シュラフと毛布《もうふ》はあった。イエスの絵もあった。しかしレーナがいない。

「レーナ！」ぼくは心配になって、小声で呼《よ》んだ。

「ここよ！」という声がした。

見あげると、天井《てんじょう》に近い、一番高い梁《はり》の上にレーナがすわっていた。

レーナが飛《と》びおりた。ぼくのいるすぐそばの干《ほ》し草《くさ》の中に着地した。かすり傷《きず》もうけなかったみたいだ。ぼくは思わずにっこりした。レーナもにっこりした。

「飛《と》びおりるの少しもこわくないもんね」満足《まんぞく》そうにレーナがいった。「今年はずいぶんいろんな高いところから飛《と》びおりたから、慣《な》れて平気になっちゃった。ああ、おなかがすいた！」

納屋《なや》から出て家へもどるとき、ぼくはスクランブルエッグをつくろうかと考えていた。逃《に》げてきた人には消化にいいものがいい。おじいちゃんは家畜小屋《かちくごや》にいて、ぼくを見るとびっくりした顔をした。

「おやまあ、なんと陽気な子がいるじゃないか！」

「うん、こんなにいい天気だと、ちょっとは笑《わら》ってみたくなるんだよ」ぼくはこまってごまかした。

おじいちゃんにも秘密《ひみつ》は知られてはいけないのだ！

ママはもう電話してはいなかった。パパとキッチンテーブルにすわっていた。コーヒーから湯気《ゆげ》が立っていて、キッチンは朝の光でとても明るかった。

「トリレ、ちょっとここへおいで。すわって」とママがいった。

ぼくはすわりたくなかったのだけれど、ママのことばにしたがった。ママとパパがぼくの顔をじっと見た。

「たった今、レーナのお母さんから電話がかかってきたの。レーナがいなくなったんだって」

ぼくはテーブルの自分の皿をいじりまわした。

「おまえ、レーナがどこにいるか知らないか？」とパパがたずねた。

「知らない」といって、ぼくはパンにバターをぬりはじめた。

しばらくのあいだ、キッチンがしずまりかえった。

「トリレ」ママがあらためていった。「レーナのお母さんがとても心配しているの。みんなレーナをさがしているわ。警察《けいさつ》もよ。あんた、ほんとに知らないの？」

「知らないったら！」ぼくはさけんで、両手でテーブルをたたいた。家がつぶれてもいいくらいに腹《はら》が立っていた。レーナを二度と町へ連《つ》れもどさせなんかするものか！　世界じゅうの警《けい》察官《さつかん》がクネルト・マチルデへ出動してきたって、レーナはわたさない。ぼくは腹《はら》が立《た》って、キッチンからとびだした。おとななんていないほうがいい。自分たちのつごうで、子どもをあっちへひっぱったり、こっちへひっぱったりするんだから！

みんながレーナをさがしていることが、これではっきりした。どうしてこうもややこしいことになるんだ！　安全な隠《かく》れ場所《ばしょ》はないかしら？　ぼくは頭の中でクネルト・マチルデを隅《すみ》からすみまでも思いうかべた。でもどこも思いつけない。

けれど、やがてぼくはつぶやいた。「そうだ、小屋があった」

小屋しかない。

ぼくはだれにも見られないようにして、必要《ひつよう》なものをプラスチックのふくろにつめた。マッチ、パン、バター、部屋《へや》ばき、ロープ、スコップと小屋の鍵《かぎ》。いそがなくちゃ。おしまいにソリを置《お》き場《ば》から階段《かいだん》の下へひっぱりだした。荷物をのせ、その上に毛布《もうふ》をかけた。さあ、あとはレーナを連《つ》れだすだけ！

「なにをするつもりなんだね、トリレ？」ぼくがスノーウェアを着ていると、パパがたずねた。

「ぼく、ちょっとソリにのって、気分なおしをしようと思うんだ」ぼくはまだぷんぷんしながらいった。

それから納屋《なや》へ行った。ソリも中へひきこんで、戸のすぐそばへおいた。

レーナはニワトリを一羽かかえていた。

「それ、どうするの？」とぼくは聞いた。レーナがつかまえているニワトリはナンバー7だ。

レーナが、わたし飢《う》え死《じ》にするのいやだもの、とこたえた。あんたが、きっとちょっとしか食べ物もってきてくれないと思ったもの。ニワトリはときどき、卵《たまご》をうんでくれるでしょ。ぼくは肩《かた》をすくめた。そしてぼくのプランを話した。レーナはしばらく考えこんだ。それからうなずいた。

「オーケー、わたし、小屋へ引っこすわ」レーナの声はがさついて、ちょっとおかしい感じ。

「だけど、のぼっていくところは人に丸見《まるみ》えだよ」

ぼくはうなずいた。丘《おか》ヨーンのところまでは、道はむきだしになっている。

「だからあんた、わたしたちをひっぱっていってくれなくちゃならない」レーナがにやっとしていった。レーナとナンバー7は、さっさとソリの毛布《もうふ》の下にもぐりこんだ。パンやバター、そのほかのいろいろな品物のあいだへ。

「あんたねえ、重い物をひっぱってるように見えたらだめよ。でないと、みんながおかしいと思うからね！」とぼくの一番の親友がいった。

そりゃそうだ。だけど、みんながおかしいと思うっていわれてもなあ。けさはもうみんなにおかしいと思われているんだ。少なくともおじいちゃんは疑《うたが》っている。ぼくがソリを納屋《なや》からひきだすのを、バルコニーの下から見ていたもの。ぼくは歯を食いしばり、ソリのひもを手に二重にまきつけて、出発した。

レーナはそれほど大きくない。でも、ぼくは全身《ぜんしん》の力をこめてひっぱらなければならず、背《せ》中《なか》に汗《あせ》が流れはじめた。ぼくのもっているのは世界一軽いソリなのに。だけど、今は世界一軽いどころか、世界一の重さだ。

「ハイ、ドウドウ！」レーナがときどき毛布《もうふ》の下から声をかける。

積《つ》もった雪の表面がかたく凍《こお》りついていてよかった。もしも雪がやわらかだったら、ソリは雪に沈《しず》んでしまい、坂をひっぱりあげるどころではない。

ぼくたちがソリ遊びをするのは丘《おか》ヨーンの家よりずっと下のほうだ。丘《おか》ヨーンの家までソリをひいてのぼったことは一度もない。ぼくたちには、それはまだ無理《むり》なのだ。ソリをひっぱりあげるのはいつもぼく。レーナはすべりおりるのだけが好《す》きで、クネルト・マチルデにはソリをはこんでくれるリフトがとっくにできていてもいいのに、といっている。

ずいぶん高くまで来たのに、丘《おか》ヨーンまではまだかなりある。ひっぱっているのが一番の親友でなかったら、ぼくだってこんなことはしない。けれど、レーナはここへもどってきた。そのレーナがまたぼくの毎日から消えるなんてことは、どうしてもがまんできない。

ときどきふりむいて、だれか追ってきはしないかとうしろを見た。おじいちゃんが納屋《なや》の前に立っているのが見えた。上へあがるにつれて、おじいちゃんの姿《すがた》が小さくなった。とうとう、ほとんど見えなくなった。やっと丘《おか》ヨーンの家まであがって、家の壁《かべ》にもたれたときには、おじいちゃんはもう小さな点みたいになっていた。

「レーナ、ちょっと外を見てみない？」ぼくは息をはあはあさせていった。

「うん、見てみる」といって、レーナが毛布《もうふ》から頭をだした。ニワトリのナンバー7が毛布《もうふ》の下でガッコガッコとさわいだ。

レーナとぼくは入《い》り江《え》とぼくたちの王国、クネルト・マチルデを見おろした。太陽が山の端《はし》にかくれ、フィヨルドの上の空がピンクに染《そ》まっている。海には波一つ見えない。ぼくたちの家のえんとつから煙《けむり》があがっている。夜でもないのに、空は手品のように星を一つだしている。

「なに、考えてる？」とぼくは聞いた。くたくたにつかれ、うつくしい景色《けしき》に見とれ、胸《むね》をいっぱいにしながら。

レーナが両手で頭をささえた。「わたし思うんだけど、これってすごくくやしいことじゃない」声がかすれている。

「くやしい？」

「そうよ、くやしいとしかいいようがない。まだ来たこともない、こんな上のほうまで来てさ。ずっと下まで見おろせて、雪が凍《こお》った、ソリ向きに満点《まんてん》の天気で、ちゃんとソリがあるのに、ソリすべりができないなんて！」

ことばのおしまいは、まるで泣《な》きわめきだ。

ぼくは頭をかいた。

「だけどねえ、レーナ。きみ納屋《なや》では暮《く》らしたくないんだろ？」

ぼくの膝《ひざ》はくたびれて、ぶるぶる震《ふる》えていた。レーナはソリの上でじっとうごかなくなった。

世界じゅうが冬のしずけさだ。

「わたしはクネルト・マチルデで暮《く》らしたいのよ！」と毛布《もうふ》の下でレーナがいった。本気でいっているようだ。「それから、わたし、ソリすべりがしたい」とつけくわえて、レーナがさっと立ちあがった。

ぼくが考えをまとめるひまもなく、レーナはソリをひっくりかえした。パンやバターが雪の上にどさっと落ちた。レーナはソリの上にすわりこんだ。うしろにぼくがすわる場所を空けて、ソリの前に。

この冬、レーナとぼくはまだ一度もソリすべりをしていない。たしかにそのことは、ものすごくくやしい。

「さっさとすわりなさいよ！　あんただって、こんなところにいつまでも立っていたくないでしょ。ここまでひっぱりあげておいてさ。それと、だれかがニワトリをしっかりおさえてなくちゃだめだからね」

レーナがふりむいて、ぼくを見あげた。ぼくは目の前のくだり斜面《しゃめん》をながめた。雪は凍《こお》って氷のようだ。すごいスピードが出そう！　頭のなかにほんのちょっぴりでも脳《のう》みそがあって、その脳《のう》みそが眠《ねむ》っていなかったら、どんな子だっていやなんていえっこない。

ぼくは片手《かたて》でレーナにしっかりしがみつき、もう片手《かたて》でナンバー7を胸《むね》におしつけた。

「ヤッホー！」ぼくたちは声をそろえてどなった。

「おまえたち、ふたりともまともだったことなんて、一度もないな」とマグヌスがいったのは、二、三日たって、レーナとぼくがようやくキッチンのテーブルでみんなといっしょの食事ができるようになったときだった。

「トリレもそろそろ脳《のう》しんとうをおこしてみる時期だったのよ」レーナが腹《はら》を立てて、もぐもぐと言いかえした。レーナにいわせれば、だって、わたしはもう何回もやって慣《な》れてるんだもの、ということになる。ぼくはなにをいわれても笑《わら》っている。足の小指の先まで幸せだ。ぼくたちふたりが脳《のう》しんとうをおこしたことなど、気にしていない。

「あんたたちのソリすべり、いったいどうだった？」とミンダが知りたがった。ぼくは肩《かた》をすくめた。レーナもぼくもなにもおぼえていないのだ。

けれども、おじいちゃんはおぼえていた。納屋《なや》のそばで、すべてを見ていたのだ。

「それは、わしから話してあげるよ、ミンダ。ふたりはそれこそものすごいスピードでつっこんできた。わしは生まれてからあんなのは見たことがない」

レーナは口の中のものをかみつづける。

「思い出せないなんて、ほんと恥《はじ》！」と顔をしかめていった。そしておじいちゃんにたぶん十回目くらいになる、そのときの話をせがんだ。レーナ、ぼく、ナンバー7が丘《おか》ヨーンの家からスタートするところ、そして船霊《ふなだま》さまがついているのではないかと思ったこと。「なにしろおまえたちは雪だまりを飛《と》びこえとびこえ、ますますスピードがあがるんだから」ニワトリがガアガアいうのと、ぼくたちが「ヤッホー！」とさけぶのもちゃんと聞こえていた。ところが途中《とちゅう》からニワトリはだまってしまい、ぼくたちのさけび声も「ヤッホー」から「ワアアアアアア」に変《か》わったらしい。それはぼくたちにもおぼえがある。だって、あちらにもこちらにも雪《ゆき》だまりができていてでこぼこ、そこをすごいスピードですべりおりるわけだから。ぼくたちは道路に出るところで道ばたの雪《ゆき》の山にぶつかり、そのまま道路を飛《と》びこえてしまったのだ。

「おまえたちは空中に飛《と》んで、小さなおとなりさんはクレラの雪だるまに頭からつっこんだ。ニワトリのほうは鼻からかきねにぶつかった。ニワトリは空へ舞《ま》いあがり、ソリは家の壁《かべ》にあたって〈グシャッ〉というわけさ！」

おじいちゃんは話のおわりに両手をたたきあわせて、〈グシャッ〉をやってみせた。

「そこへママが来た」とレーナがにっこりした。

「そうだ、そこへあんたのお母さんが来た。びっくりするやらよろこぶやら、大さわぎだった。だが、それでことはまるくおさまったのさ」

ほかのみんなはまだ話をつづけていたけれど、ぼくはいわば自分の中にとじこもって、幸せ気分を味わっていた。レーナはもうおとなりさんではない。おとなりさんと呼《よ》ぶのはまちがいだ。だって、レーナはぼくのうちへ引っこしてくることになったのだから。おとなだってその気になれば、まともな方法《ほうほう》を思いつくんだね！

ぼくはそのときママに聞いてみた。魔法《まほう》を使ったのかと。

「わたしもレーナのお母さんも、ちょっぴりは魔法《まほう》ができるのよ」とママがこたえた。「わたしたちで、レーナが夏までうちで暮《く》らせるようにって魔法《まほう》をかけたわけ。レーナのお母さんの学校がおわるまでね」

レーナ・リートが魔法呪文《まほうじゅもん》の決まりもんくをとなえて、にっこりした。

「ジムザラビン！」

丘《おか》ヨーンと丘《おか》ヴァーニャ

レーナといっしょの家に住むことは、レーナがおとなりさんでいるよりはもっといいことだった。レーナがイエスの絵をぼくにかえしてくれれば、もっとずっといいことにちがいなかったけれど。その絵はレーナがもらった部屋のベッドの上にかかっていた。

「そのうちにかえしてもらえるんじゃない」とママがいった。「今はまだ、レーナにはあの絵が要《い》るってことかもしれないわ」

「うん、だけど、レーナはまたクネルト・マチルデにもどってきたんだし、なにもかもめでたく片《かた》がついたんじゃないの！」とぼくは言いかえした。

するとママは、レーナは口ではなにもいわなくても、きっとお母さんがいなくてさびしいのよ、とぼくに説明《せつめい》した。ことに夜、ベッドで寝《ね》るときには。

「レーナはそんなこと、いってないよ」

「ええ、だけど、レーナって、そういうことという子？」とママが聞いた。

ぼくはちょっと考えて、首を横にふった。レーナがいわずにいることはいろいろあるのだ。

「レーナはね、ぼくが自分の一番の親友だっていってくれたことがないんだよ」とぼくはママにいった。「それでもママは、ぼくがレーナの一番の親友だと思う？」

ママがにっこりした。

「ええ、思うわ」

「だけど、それじゃあ、ほんとにそうかどうかはっきりしないよ」とぼくはいった。

そうね、とママがいった。いってもらわなくちゃ、ほんとにそうだとはいえないわね、とママもうなずくしかなかった。


けれどぼくが見るところでは、レーナには、なにか不満《ふまん》だとか物足《ものた》りないとか思っているようすは少しもない。顔じゅうに笑《わら》いをうかべて何度もいった。

「わたしがまたここへこられたなんて、ほんとにすばらしいじゃない？」

「まったく賞金《しょうきん》ものだよ」とおじいちゃんはそんなとき、こたえた。「トリレもわしも、おまえさんがいないあいだのクネルト・マチルデは毎日かなり退屈《たいくつ》だったからなあ」

それからはおじいちゃんとレーナとぼくは毎日がとても楽しかった。レーナとぼくは学校がおわると家へ走ってもどった。

ある日、おじいちゃんがいっしょに丘《おか》ヨーンのところへ行かないかといった。雪は消えているから自転車でもいい。坂が急だから乗れるのはソリとおんなじで下りだけだがなと。

丘《おか》ヨーンのところまで、ドドドと走るバイクのあとから自転車を押《お》していくのは、レーナをソリでひっぱりあげたのとあまりちがわないくらい大変《たいへん》だった。帰りの下りを楽しみにするしかない。おじいちゃんはずっと上のほうから、はるか下にいるぼくたちを見おろしてにやにやしていた。道があまりに急なので、ぼくたちはそれから丘《おか》ヨーンを急丘《きゅうおか》ヨーンと呼《よ》ぶことにした。

急丘《きゅうおか》ヨーンは若《わか》いころ船乗《ふなの》りだった。そのころ事故《じこ》で片目《かため》を失《うしな》ったので、黒い海賊眼帯《かいぞくがんたい》をしている。「わしは世界の半分しか見えんが、これはこれでありがたい」といつもいっている。

子どもたちは眼帯《がんたい》のせいで、彼《かれ》のことをこわがっているが、レーナとぼくはこわがることはなにもないと知っている。こわいどころか、いいところもたくさんある。そのうちでも一番いいのは馬をもっていることだとぼくは思っていた。馬の名は丘《おか》ヴァーニャ。夏は森のふちで草を食べ、冬は馬小屋で飼《か》い葉《ば》を食べていた。

「あの馬はりこうで、教会の歌をいななきでうたえるんじゃないかと思うくらいだ」とおじいちゃんはいっていた。

ようやく上までたどりつくと、急丘《きゅうおか》ヨーンとおじいちゃんは段《だん》だんに腰《こし》をおろしてコーヒーを飲みはじめた。レーナとぼくは馬小屋へ走っていった。

「この馬、べつにおもしろくもなんともない」レーナがうすくらがりで首をかしげていった。

「とてもりこうなんだよ」とぼくはいった。

「どうしてそんなこと知ってる？　あんた馬語がわかるわけ？」

そんなものわからない。馬がりこうだと知ってはいるけれど、それをレーナにいってもはじまらない。

ぼくたちはかなり長いあいだ丘《おか》ヴァーニャのところにいた。ぼくたちは丘《おか》ヴァーニャをなで、話しかけ、レーナがぺろぺろキャンディーを一つやった。ぼくは丘《おか》ヴァーニャは世界一の馬だと思った。

「馬にキャンディーをやったよ」と、バイクのところへもどってぼくはいった。

「そいつは最後《さいご》のキャンディーってことになるな」とおじいちゃんがいって、ヘルメットのひもをぎゅっとしめた。

「それ、どういう意味？」と聞いたけれど、おじいちゃんがバイクをスタートさせたので、返事は聞こえなかった。

うちへつくのを待ちかねるようにして、ぼくはおじいちゃんのそばへかけよった。おじいちゃんの手をにぎって聞いた。「最後《さいご》のキャンディーって、どういう意味？」

おじいちゃんはちょっとことばにならないうなり声《ごえ》をあげてから話してくれた。急丘《きゅうおか》ヨーンは年とったから老人《ろうじん》ホームへ行くしかなくなった。馬の丘《おか》ヴァーニャも、もう年寄《としよ》りすぎていてひきとり手がないのだそうだ。

「年とるってことは、どうにも情《なさ》けないものでな」とおじいちゃんがつぶやいて、ぼくの鼻先《はなさき》でぴしゃんとドアをしめてしまった。

「じゃあ、丘《おか》ヴァーニャはどうなるの？」ぼくはしまったドアの前でさけんだ。

おじいちゃんの返事はない。おじいちゃんは、人間も馬も年をとるということでふさぎこんで、中ですわりこんでしまったらしい。

返事をしたのはレーナだ。大声で、はっきりと。「馬には年とったってホームはない。殺《ころ》されるのよ。はっきりしてるわ」

ぼくはレーナをにらんでいた。「そんなことさせない！」とぼくはどなった。レーナがいつもするみたいに。

ぼくはそのことをママにもいった。ぼくは泣《な》いて、丘《おか》ヴァーニャみたいにりこうな馬は殺《ころ》してはいけないのだとうったえた。パパにも、そんなことさせないでと泣《な》きついた。

「させちゃだめ」とクレラがまじめな顔でいった。

「ねえ、トリレ、うちじゃあ、毎年ヒツジをとさつ場へ送っているわ。そのときはあんた、こんなに騒《さわ》ぎたてないじゃないの！」とママがいって、ぼくの涙《なみだ》をふいてくれようとした。

「だけど丘《おか》ヴァーニャはヒツジじゃない！」

だれもわかっちゃいないんだ！


明くる日、ぼくの考えることといったら丘《おか》ヴァーニャのことだけだった。かわいくて、なにもわるいことはしないのに、それでも殺《ころ》されるなんて。算数の時間には泣《な》けてきそうだった。泣《な》いたらみっともない。ぼくはこっそりレーナを見た。レーナはすわって、窓《まど》の外を見ていた。馬にはホームなんてない。レーナはそういっていた。ぼくは飛《と》びあがった。椅子《いす》がひっくりかえった。

「エリシヴ先生、レーナとぼく、今日はこれで早引けします」ぼくは早口にいった。レーナにはぼくがなにをいっているのかわからない。それなのに、さっさと算数の本をかばんにしまい、真剣《しんけん》な顔でいった。「生きるか死ぬかの問題なんです！」

先生とほかのみんながびっくりして見ている前で、レーナとぼくはかばんのふたをするのもそこそこに、教室から走り出た。

「あんた、おしりに火でもついた？」レーナがはあはあ言いながら聞いた。家への帰り道で、森まで来たときだ。

「ぼくたちで馬の老人《ろうじん》ホームをつくるんだ！」とぼくはさけんだ。

レーナがぱっと立ちどまった。鳥の声と、息の音しか聞こえない。ぼくは不安《ふあん》になってレーナの顔をそっと見た。ぼくのいったことに、レーナは反対するだろうか？

けれどもレーナはにっこりと笑《わら》った。「あんた、算数の時間にそのこと思いついてくれて、よかったわあ、トリレ！」

うちにいるのはおじいちゃんだけだった。たすかった。だって、ぼくたちをたすけてくれそうなのは、おじいちゃんだけだから。ぼくはバルコニーの下で、おじいちゃんの横に腰《こし》をおろした。

「おじいちゃん、ぼくたち丘《おか》ヴァーニャを古い家畜小屋《かちくごや》に入れることができるよ。そこで暮《く》らさせればいい！　急丘《きゅうおか》ヨーンだって、馬を殺《ころ》さずにすめばきっとよろこぶよ！　ぼく草を刈《か》って、それをあつめて干《ほ》すよ。毛を梳《す》いてやり、カラス麦《むぎ》をやる。レーナだって、ぼくの手伝《てつだ》いをしてくれるよ。ね、レーナ？」

レーナが肩《かた》をすくめた。そうだよ。レーナだって、少しは手をかしてくれるはず。今はなによりも算数の時間さぼれたことでよろこんでいるとしても。

「それに、おじいちゃんだってほんのちょっぴりは手をかしてくれるよね、おじいちゃん？」

おじいちゃんの顔は見ないようにして、ぼくはいった。おじいちゃんの顔を見る勇気《ゆうき》がなかったのだ。おじいちゃんはしばらく日にやけた、しわだらけの手で膝《ひざ》をなでながら、考えこんで海を見ていた。

「おじいちゃんなら、おとなの中でたったひとりでも、ぼくたちにそうやってもいいっていってくれそうな気がするんだけど」ぼくはおずおずした調子でいった。

ぼくがいおうとしているのは、言いにくいことだった。また涙《なみだ》が出てきそうで、ぼくは一生懸命《いっしょうけんめい》にそれをこらえた。おじいちゃんはぼくの顔を、しばらくじっと見ていた。

「そうだなあ。トリレと小さなおとなりさんがふたりがかりで馬の世話ができないとなったら、とんだお笑《わら》いぐさってことだよなあ」おじいちゃんがおしまいに、うなるようにいった。

ぼくたちふたりは、急丘《きゅうおか》ヨーンのところまで、おじいちゃんのバイクの荷箱《にばこ》に入っていかなければならない。その理由は二つ。一つ目はとさつ場のトラックが丘《おか》ヴァーニャを運びにくるより先についていなければならない。二つ目は、おじいちゃんの気が変《か》わらないうちに、やっぱり急丘《きゅうおか》ヨーンのところについていなければならない。

「わしは今、どうも完全《かんぜん》に頭がおかしくなっているからな！」


急丘《きゅうおか》ヨーンの家の庭先に、急ブレーキでバイクがとまったとき、一台の車が来ていた。ぼくたちのはり紙を見て子イヌをつれてきた、あのヴェラ・ヨハンセンの車だ。急丘《きゅうおか》ヨーンはヴェラの伯父《おじ》さんにあたるのだそうだ。彼《かれ》が老人《ろうじん》ホームに入る前の持ち物の用意、そのあとのそうじを手伝《てつだ》うために来ているのだ。ところが本人はぼんやりとすわっているだけ。おじいちゃんは両手を胸当《むねあ》てつきズボンのポケットに入れて、古くからの友だちに声をかけた。

「トリレがあんたに聞きたいことがあるそうだ」まず咳《せき》ばらいしてから言い、ぼくを前へおしだした。

「あの……」と、ぼくは小さな声でいった。「……ぼくが聞きたいのは、丘《おか》ヴァーニャを連《つ》れていってもいいかっていうことなんです。ぼくたちは馬の老人《ろうじん》ホームをつくるつもりです。おじいちゃんとぼく……」

あたりがしんとしてしまって、ぼくは気《き》おくれして、ろくに急丘《きゅうおか》ヨーンの顔を見ることもできなかった。彼《かれ》がちゃんとしたほうの目をさっとこすった。

「神さまがおまえにおめぐみをくれるようにな、坊《ぼう》や」と急丘《きゅうおか》ヨーンがいった。「だけど、あいつはもう二十分前にフェリーで行ってしまった」

急丘《きゅうおか》ヨーンの前に立って、その悲しそうな目を見ていると、ぼくまで悲しくなった。レーナが行ってしまったときと同じように。今はレーナがもどってきているけれど、あのときはしばらくのあいだ、もう二度と楽しい気分にはなれないだろうという気がしていた。

レーナの大声がひびいた。

「ちょっと、わたしたち、老人《ろうじん》ホームをやってもいいの？　それともだめなの？」つづけてレーナがぼくの上着をひっぱった。「あきらめるのは早いよ。そんなにさっさと馬をひっぱっていくこと、できないんじゃない？」

レーナが飛《と》びだした。おじいちゃんとぼくがあとを追って走った。ぼくたちがバイクでスタートしたとき、急丘《きゅうおか》ヨーンが段《だん》だんの下まで出てきた。そしてぼくたちに手をふった。いろいろな感情《かんじょう》がこみあげているらしい。泣《な》いているようにも、笑《わら》っているようにも見える。

「いそいで、おじいちゃん、猛《もう》スピード！」とぼくはさけんだ。

おじいちゃんがいそいだ。ぼくにもようやく、ママがぼくたちを荷箱《にばこ》に乗せたくない理由がわかった。レーナでさえ、丘《おか》をくだるときの恐《おそ》ろしさには震《ふる》えていた。すごいスピードで、がたがたとゆれるのがはんぱでない。おかげでぼくは舌《した》を三回もかんでしまった。それでも、まだスピードは十分でない気がした。

「いそいで、フェリーが出てしまう！」とぼくはわめいた。

「ちょっと待ちなったら、ばかフェリー！」とレーナがどなった。

ぼくたちはバイクから飛《と》びおりて、腕《うで》をふった。

船からはぼくたちが見えたらしい。おじいちゃんまでが手をふっているのも見えたと思う。

フェリーはもどってきた。船体が乗り場に横づけされて、船員のビルガーがぼくたちを乗せてくれた。パパは昼休みでどこにも見えなかった。

「ぼくたちがここにいること、パパにはいわないほうがいいと思うよ」とぼくは船員のビルガーにいった。

「どうして？」

「びっくりさせたいの」とレーナがいった。「今日はお誕生日《たんじょうび》だから」

ビルガー船員がおじいちゃんの顔を見ると、おじいちゃんがまじめな顔でうなずいた。「そうなんだ。若《わか》い者はよろこばせんとな。あれは四十四歳《さい》になるんだよ」といって、ビルガーの背中《せなか》をたたいたので、切符《きっぷ》かばんがかたかた音をたてた。

ぼくはおじいちゃんとレーナの顔を見た。だって、パパの誕生日《たんじょうび》は今日ではないよ！

「時《とき》にはほんとでないこともいわなくちゃならないことがあるんだよ、トリレ」とおじいちゃんがいった。「それにな、こんなうそはパパのためでもあるんだよ。ひょっとしたらビルガーさんがパパにケーキとプレゼントを用意してくれるかもしれないじゃないか」

町へつくまで、こんなに時間がかかったことはない。ぼくはずっと船橋《せんきょう》に立って岸を見ていた。いつまでたっても向こうへつかないのではないかという気がしていた。一秒一秒、丘《おか》ヴァーニャがとさつ場へ近づいているのだ。

「ぼくたち、間に合わないよ」とぼくはいった。「海へ飛《と》びこんで泳いでいきたいよ」

「フィヨルドのまん中で、救命《きゅうめい》チョッキもなしでばたばたしたら、それこそ向こうへつけっこないよ」とレーナがいった。

おじいちゃんは岸だけを見ていた。


フェリーがようやく岸へつくと、おじいちゃんはレーナとぼくの上にカバーをかけた。だれにも見えないように。ことに警察《けいさつ》には見つからないように。ぼくは、今日は禁《きん》じられていることをずいぶんやっているなあと思った。算数の時間をさぼった。ビルガー船員をだました。許可《きょか》なしで老人《ろうじん》ホームをひらくことを思いつき、丘《おか》くだりと町の中と、バイクの荷箱《にばこ》にかくれていた。泣《な》きたくなってしまう。でもすぐ考えは丘《おか》ヴァーニャのことにもどった。

「神さま、どうかぼくたちをたすけて！」

目的《もくてき》の建物《たてもの》についたとき、おじいちゃんがきびしい声でいった。「おまえたち、ここで待っているんだぞ！」

おじいちゃんは胸当《むねあ》てズボンと木靴《きぐつ》のまま、建物《たてもの》の中へ入っていった。レーナとぼくは大きな駐車場《ちゅうしゃじょう》に立って待った。いつも秋にぼくたちがヒツジを送りこむのはここだったんだ、とぼくは思った。胸《むね》の中になにかがつかえる気がした。

ぼくたちがいるところには、なんの音も聞こえてこない。

「もう馬ソーセージをつくってるかもしれないね」しばらくしてレーナがいった。「マヨネーズをつけてどうぞ、なんてね」

「やめて！」さけんだつもりなのに、つぶやくような小さな声しか出ない。

けれど、丘《おか》ヴァーニャはぼくたちより一時間近くも前にはこばれてきている。もう生きてはいないだろう。どうしておじいちゃんはもどってこない？ ぼくたちにそのことをいえないからぐずぐずしている？ ぼくは涙《なみだ》をおさえようとした。しかし涙《なみだ》はどうしても目の中にわいてくる。レーナはアスファルトの上で小石を蹴《け》りながら、ぼくの涙《なみだ》が見えない振《ふ》りをしている。

ようやくおじいちゃんが出てきた。丘《おか》ヴァーニャを連《つ》れていない――。

思わずさけんでしまった。「ああ、だめだったんだ！」

「まあ、そうあわてるな、トリレ。建物《たてもの》の中をあちこちひっぱりまわすわけにもいかんからな。馬はべつの出口から連《つ》れださねばならん」

わしらはうまくやった。だが、最後《さいご》もさいご、危《あぶ》ないところだった、とおじいちゃんがいった。

ぼくはこうして、大きな駐車場《ちゆうしやじよう》で自分の馬をうけとった。こんなうれしいことって！

町の中をとおってフェリーにもどるぼくたち一行《いつこう》は、かなり人目をひいた。おじいちゃんがバイクで先を行く。そのうしろが丘《おか》ヴァーニャをひいたぼく、おしまいはレーナで、丘《おか》ヴァーニャが糞《ふん》をしそうになると、それをぼくに教える役。けれども丘《おか》ヴァーニャがほんとに糞《ふん》をしたのは、ぼくたちがフェリーについて、待っているときだった。ぼくたちは黒のメルセデスのうしろについていた。まずバイクにまたがったおじいちゃん、それから馬とぼく、うしろはレーナ。

「とうとうやったよ。糞《ふん》が地面に落ちる音すごいね！」とレーナが感心していった。

人びとがぼくたちを変《へん》な顔をして見ていたが、ぼくはとにかくうれしかった。こんなにりこうで聞きわけのいい馬をもらったのだから。こんなにおとなしく立っている馬でなかったら、さぞ大さわぎになっただろうに。

しかし、それからまもなく、ちょっとしたさわぎがあった。だって、パパはもう昼休みではなかったから。船がついたとき、パパはへさきに立っていた。

ぼくたちに気がついたとき、パパは口をあんぐりとあけた。岸から見ても、口の奥《おく》の親知《おやし》らずが見えるほどだった。パパはあまりびっくりしたので、メルセデスやほかの車に乗船合図《じょうせんあいず》をするのも忘《わす》れていた。けれども車はさっさとうごきだして、甲板《かんぱん》のまん中に立っているパパの前へまっすぐ進み、ぼくたちもそれにつづいた。パパのポケットに誕生日祝《たんじょうびいわ》いの冠《かんむり》がのぞいていた。メルセデスがブオオと行き、それからおじいちゃんのバイク、ぼくといっしょにヴァーニャがぱかぱかと甲板《かんぱん》にあがった。ぼくはパパのほうを見る勇気《ゆうき》がなかったけれど。そのあとからレーナが砂糖《さとう》のように甘《あま》い笑顔《えがお》をつくって乗った。レーナはとにかく、人さわがせが好《す》きなのだ。それをいうなら、ぼくもだけれど。

パパはまず自分を落ちつかせようと、メルセデスの切符《きっぷ》を切った。つぎにバイクに乗ったおじいちゃん。パパの顔はまっ赤《か》だ。頭の中は、ぼくたちにあびせかけるつもりの文句《もんく》でいっぱいにちがいなかった。けれど、おじいちゃんはゆうゆうとバイクからおりて財布《さいふ》をとりだしていった。

「シニア一枚《まい》、子ども二枚《まい》、馬一頭《とう》おねがいします」

「それと、お誕生日《たんじょうび》おめでとうございます！」とレーナがつけくわえた。

あとになってパパがいった。もしもパパが規定《きてい》よりずっと早く退職《たいしょく》させられることになったら、それはみなぼくたちのせいだそうだ。だけど、それでもだいじょうぶよ、とレーナがいった。わたしたちの老人《ろうじん》ホームにはちゃんと場所がありますからね。ほんとは馬優先《うまゆうせん》のホームなんだけど。

レーナとぼくの世界大戦《せかいたいせん》

馬をそんなことして手に入れるなんて、あまり聞いたことがないとママはいった。だけど、ぼくたちはそれをやったんだからね。パパとママはどちらもいい顔をしなかったけれど。もしもおじいちゃんがいなくてぼくたちだけだったら、丘《おか》ヴァーニャをすぐまた返せといわれてめんどうなことになったと思う。そうせずにすんだのは、おじいちゃんがうまく話をまとめてくれたせいだ。

パパとママはなにくわぬ顔をしているけれど、ぼくにはわかっている。ふたりとも、しばらくたってみれば、家畜小屋《かちくごや》にいるのがとても愛《あい》すべき、りこうな馬だと思いはじめているのだ。

ふだんの生活がつづいた。三月が近づき、ぼくとレーナは馬の世話にも慣《な》れた。週末《しゅうまつ》には、

レーナは町に住むお母さんのところへ行く。またお母さんも午後ときどきクネルト・マチルデをたずねてきた。ぼくは毎日のように、レーナがほんとに引っこしてしまわなくてよかったと思っていた。ひとりきりでつまらない思いをすることを考えれば、レーナがぼくの家で暮《く》らす今がどんなにいいか！　ここのところ、ずっとなにごともない。ぼくたちは丘《おか》ヴァーニャ事件《じけん》のあとは何週間ものあいだ、まるで天使のようにおとなしく、行儀《ぎょうぎ》よく暮《く》らしていた。

「なんとなく落ちつかないな」と昼ごはんのときにパパが言いだした。「クネルト・マチルデがこんなにおだやかなのは、やっぱりふつうではない」

このあとのことは、どうもパパのこのことばがきっかけだったような気がしないでもない。ぼくたちがいっしょに食事の後のかたづけをしているとき、レーナがおもしろいことを思いついたのだ。レーナが急に立ちどまり、ラジオを見つめた。

「あれを埋《う》めようよ、トリレ」

「ラジオのこと？」

「そう。大《おお》おばちゃんが話してたみたいに」とレーナがいった。「あれを埋《う》めて、戦争《せんそう》になったつもりのゲームをやるの」

大《おお》おばちゃんが話してくれたことをやってみるなんて、なるほどすごい。空の上の大《おお》おばちゃんが見ていたら、きっとうれしいのではないかしら。ほんとは戦争《せんそう》なんて、たとえゲームでも、やってはいけないにきまっている。考えるだけで全身《ぜんしん》に震《ふる》えがくるほどだ。そこがますますいいんじゃない、とレーナがいった。そこでぼくたちふたりは、それをやってみれば、戦争《せんそう》がどんなものだったか自分たちにもわかるし、それを勉強することは絶対《ぜったい》にばかなことではないと思うことにした。

クネルト・マチルデの住人《じゅうにん》すべてが、本人たちが知らないあいだに突然《とつぜん》ドイツ兵《へい》になった。レーナとぼくだけがノルウェー人。ぼくたちふたりはスパイになってうごきまわった。

「見つかったら、わたしたちグリニに送られるよ」とレーナがいった。

ぼくたちはニワトリ小屋のそばに穴《あな》を掘《ほ》った。きつい仕事だったけれど、とにかく穴《あな》は大きく深くなった。穴《あな》が十分に大きく深くなったところで、ぼくたちはクネルト・マチルデじゅうのラジオをあつめにかかった。

今では大《おお》おばちゃんが若《わか》かったころよりもずっとたくさんのラジオがある。バスルームにラジオが一つ。居間《いま》にはステレオ装置《そうち》がある。マグヌスは小型《こがた》ラジオ、ミンダはラジオつきCD《シーディー》プレイヤー、おじいちゃんは古い大型《おおがた》ラジオをもっている。

「やれやれ」ぼくたちはあちこちにあるラジオをかぞえあげた。

「けっこうたくさんあるね。だけど、いっぱいになるまで入れなくちゃ、なんのために穴《あな》を掘《ほ》ったのかわからないよ」とレーナがきっぱりいった。

ぼくたちはけっこううまくやったと思う。だって、とにかくだれにも見られずにすべてのラジオをあつめることに成功《せいこう》したのだから。居間《いま》の大きなステレオ装置《そうち》をはこぶのも、だれにも気づかれなかった。

「じゃあ、これから埋《う》めにかかる?」おしまいにマグヌスの小型《こがた》ラジオをもってきたとき、レーナがいった。

「埋《う》めたりしたらこわれないかなあ」とぼくはいった。

レーナが、なんでもうんと粗末《そまつ》だった戦争中《せんそうちゅう》でもこわれなかったのだから、今のラジオだったらますますこわれっこないといった。ぼくたちは干《ほ》し草袋《くさぶくろ》をラジオたちの上にかぶせ、その上に少し土をのせた。

それからぼくたちはドイツ兵《へい》のようすをさぐりに出かけた。

まずキッチンのドアのかげにかくれて、ママがラジオをさがしてうろうろするのをながめた。つづいて、下のおじいちゃんのところへおりて、部屋のまん中でしきりに頭をかいているおじいちゃんを見た。

「どうかしたの、おじいちゃん?」とぼくはとぼけてたずねた。

「わしはどうもぼけてきたらしいよ、トリレ。昼前《ひるまえ》にはたしかにここにラジオがあったとおぼえているんだが、今見るとそれがない。あんな古《ふる》ぼけたラジオをどこかへもっていく人間があろうとも思われんから、自分がどうにかしたにきまっているんだ」

レーナがマルハナバチのようにさっと見えなくなった。ぼくが納屋《なや》のうしろへまわってみると、レーナがそこで、地面にまるくなって、笑《わら》いころげていた。

けれど、そこでドイツ兵《へい》たちはあちこちで話しあった。ママはおじいちゃんと、おじいちゃんはミンダと、ミンダはマグヌスと、マグヌスはパパと。おしまいに全員がうちのキッチンにあつまって、消えたラジオ類《るい》について情報交換《じょうほうこうかん》した。レーナとぼくは段《だん》だんにこしかけてその話を聞いていた。

「ねえ、みんなはわたしたちを疑《うたが》ってると思う？」とレーナがささやいた。

「うん、そうだろうと思うよ」とぼくはつぶやいた。

ぼくたちは逃《に》げることにした。戦争中《せんそうちゅう》はたくさんの人が、ドイツ兵《へい》がはいってきていないスウェーデンへ逃《に》げたそうだ。いそがなくちゃ。ドイツ兵《へい》がぼくたちをさがしにかかる前に！

「懸賞金《けんしょうきん》をかけて犯人《はんにん》をあぶりだすぞ、トリレ！」マグヌスのどなり声はかなり近くから聞こえる。

「丘《おか》ヴァーニャだ！　あれに乗って逃《に》げよう」ぼくはレーナに耳打《みみう》ちした。

レーナとぼくが馬小屋へ行き、馬を連《つ》れだしたことにだれも気がつかなかったとはふしぎだ。

ぼくたちは鞍《くら》もおいてない馬によじのぼった。

「逃《に》げるのもスリルがあって、けっこうおもしろいじゃない」とレーナがいった。ぼくはたてがみにしがみついた。レーナもぼくにしがみついて、「ハイ、走れ！」と号令《ごうれい》した。

でもおもしろがってばかりもいられないことは、すぐにわかった。あまり早くはすすめないのだ。レーナが「ハイ、ハイ」とさけびつづけたのだけれど。丘《おか》ヴァーニャは競走馬《きょうそうば》ではなくて、はっきりいって、ただの丘駄馬《おかだば》にすぎないのだから。

「だめねえ、なんて役立たずなの」とレーナが丘《おか》ヴァーニャの悪口をいった。

「わたしたち、どこか隠《かく》れ家《が》をさがさなくちゃ！」

「急丘《きゅうおか》ヨーンのところへ行こうよ」とぼくはいった。「そんなに遠くないし、ヨーンがどうしているか見ることもできるから」

老人《ろうじん》ホームはぼくたちが行ったとき、しんとしていた。レーナはその建物《たてもの》を見て、そっくりそのままスウェーデンみたいといった。レーナはスウェーデンに行ったことがあるそうだ。二歳《さい》のときだけれど。

「丘《おか》ヴァーニャはここへつないでおこうか？」とレーナがいって、看板《かんばん》を指さした。

いつもだったら、老人《ろうじん》ホームへはクラスのみんなといっしょに、なにか吹《ふ》くためにくる。たったふたりで、ブロック笛もたずにくるのは初《はじ》めてだ。けれどぼくたちは急丘《きゅうおか》ヨーンが窓《まど》ぎわにすわって、片目《かため》で外をながめている談話室《だんわしつ》を、すぐに見つけた。急丘《きゅうおか》ヨーンは急な丘《おか》の上の自分の家が恋《こい》しいのだと、ぼくは思った。

「えへん、えへん」とレーナが大きな声をだした。

急丘《きゅうおか》ヨーンはぼくたちがたずねてきたことを、とてもよろこんだ。ぼくはできるだけくわしく、ラジオのこと、ドイツ兵《へい》のことを話した。急丘《きゅうおか》ヨーンはぼくの話をみな、よくわかってくれた。しかしその談話室《だんわしつ》にはほかの人たちもいて、中にはあまりよくわからないらしい人もいた。たとえば、アンナという、ものすごく年とったおばあさんみたいに。そのおばあさんは今でも戦争中《せんそうちゅう》で、ぼくたちがほんとにドイツ兵《へい》に追われているのだと思いこんでしまった。

なにがどうなっているのかわからないうちに、レーナとぼくはそのおばあさんの衣裳《いしょう》だんすの中の、スカートやブラウスのあいだにおしこまれてしまった。おばあさんはたんすの前に椅《い》子《す》をおいて、その上にすわりこんだ。

「生きたドイツ兵《へい》はここをとおさないからね!」とアンナがさけんだ。

レーナとぼくもそこからは出られない。ぼくはだんだん、ぼくたちのやっている戦争《せんそう》がばかばかしくなった。けれどもレーナは暗《くら》やみの中で満足《まんぞく》して、くつくつと笑《わら》っていた。

「たんすの中にはだれもいないよ！」しばらくしてアンナのさけび声が聞こえた。ぼくは中から全力でたんすの戸をおした。ちょっとすきまがあいて、外が見えた。パパ、おじいちゃん、ミンダとマグヌスがアンナの部屋へ来ていた。そのみんなをかきわけて、急丘《きゅうおか》ヨーンがナイトテーブルの上のバナナをにぎった。そしてピストルのようにかまえた。おかしくて、レーナとぼくは笑《わら》ってしまった。ぼくたちだけでなく、ほかのみんなも笑《わら》ってしまったけれど、アンナだけは笑《わら》わなかった。少しもおかしいと思わず、必死《ひっし》でぼくたちを守ってくれていた。

パパが談話室《だんわしつ》へ行って、ピアノをひきはじめたとき、アンナはそれに気をとられて任務《にんむ》を忘《わす》れた。それからおじいちゃんがアンナをワルツにさそい、レーナとぼくはようやくたんすからだしてもらうことができた。

「ぼくたちがここにいるって、どうしてわかったの？」とぼくはたずねた。

「さがすには苦労《くろう》したけどな、馬が老人《ろうじん》ホームの前にいれば、そこがくさいとすぐわかるじゃないか」パパがピアノのスツールからこたえた。

「馬を駐車《ちゅうしゃ》させる場所ってないんだもの」レーナがむっとしていった。

急丘《きゅうおか》ヨーンが目を見はった。「あんたら、丘《おか》ヴァーニャを連《つ》れてきてくれたのかね？　なんていい子たちだ！」

ぼくはそんなにうれしそうな顔のおじいさんを見たことはない気がした。

ぼくたちはその夜はもうしばらく老人《ろうじん》ホームにいた。帰るとき、ぼくたちはもっとときどき、丘《おか》ヴァーニャを連《つ》れて面会にくると約束《やくそく》した。

けれどその前に、ママはレーナとぼくをクネルト・マチルデのグリニへ送りこんだ。ぼくたちはそこで、長い午後いっぱい、三日つづけて強制労働《きょうせいろうどう》の石拾《いしひろ》いをさせられた。今年はそこにキャベツを植えるのだそうだ。

火事

緑が日につくようになって、春が近づいてきた。ぼくは全身《ぜんしん》で春のけはいを感じていた。毎朝、窓《まど》ぎわに立って外を見るたびに、もう春といってもいいのかなと思った。

午後、レーナとぼくは春がどんなものかを教えるために、クレラを外へ連《つ》れだした。まず行ったのは家畜小屋《かちくごや》だ。

「もうじき小さな子ヒツジちゃんたちがヒツジのお尻《しり》から出てくるよ」とレーナが、ぼくがかわいがっているヒツジの頭をとんとんたたきながらいった。ヒツジのおなかは水遊び用のボールのようにぽんぽんにふくれている。

クレラが笑《わら》って、そのヒツジに干《ほ》し草《くさ》をさしだした。

「草が青くなって、その子ヒツジたちも草を食べに外へだしてもらえるんだよ。去年のこと、おぼえてる、クレラ?」

「うん、おぼえているよ」とクレラがいった。おぼえているはずもないのに。

そのつぎに、上のほうにある庭の、ナシの木のところまで行った。まだスノードロップは出てきていなかったが、ぼくは地面を指さして、ここへ出てくるのだよと、クレラに説明《せつめい》した。

「来週には出てくるかもしれないよ」といって、ぼくはクレラに、気をつけて見ていることを約束《やくそく》した。

お兄ちゃんでいるのはいい気分だ。ぼくたちはクレラに、春についていっぱい話してやった。

「そのあとに夏至祭《げしまつ》りがあるんだよ」おしまいに、ぼくはいった。

「また海岸で火をたくんだよ」

「そしたらおじいちゃんが、また牛の糞《ふん》をばらまく!」とクレラがいった。これはおぼえているらしい。

「だけど、花嫁花婿《はなよめはなむこ》はだれがなるんだろう?」ぼくの胸《むね》がちくりと痛《いた》んだ。

大《おお》おばちゃんはもういないのだ。

「どっちみち、わたしたちふたりでないことはたしか」とレーナが横からいった。

おじいちゃんはバルコニーの下で網《あみ》のつくろいをしていた。クレラが、お外で春を見てきたよと報告《ほうこく》した。

「そうだな。春はもうすぐだ。だが、わしにいわせりゃあ、今夜は天気がそうとう荒《あ》れそうだよ」おじいちゃんはうなるようにいって目をほそめ、フィヨルドを見わたした。向こう岸が暗くぼんやりしている。おかしなものだ。ここクネルト・マチルデは上天気《じょうてんき》なのに、ほかのところは雨がふっているなんて！

しかし、ここの上天気《じょうてんき》もそこまでだった。すぐに雨になったのだ。ぼくたちは大いそぎで家へ入らなければならなかった。そしてそれからあとはずっと中ですごすしかなかった。ぼくたちがベッドに入るころには、稲妻《いなづま》が走り、かみなりが鳴りはじめた。かみなりの音がひどくて、いつまでも眠《ねむ》れず、ぼくはレーナのところへそっとしのびこんでイエスの絵をとりもどしたくなった。だって、レーナはなにもこわがることなく平気で寝《ね》ていて、絵のほんとうの持ち主であるぼくはここで、眠《ねむ》ることもできずにいるのだもの。かみなりの音がものすごくひびく。ぼくはじっとしていられなくなった。パパとママのところへ行こうと起きあがった。こんなすごいかみなり、いったいふつうなのかと聞いてみようと思ったのだ。

廊下《ろうか》にレーナが立っていた。

「あんたこわいの？」ぼくが部屋から出ると、レーナがいきなりいった。

ぼくは肩《かた》をすくめた。「きみは？」

レーナが首を横にふった。ぼくは腹《はら》が立った。レーナはぼくの絵をもっているじゃないか。それに、ぼくにうそをいっている。ほんとはこわいくせに、こわくない振《ふ》りをしている！

「こわがってるじゃないか！　でなかったら、どうして廊下《ろうか》になんかいるんだ？」

レーナは両手をぎゅっと胸《むね》におしつけた。

「出ていくところ」

「出ていく？」

「そうよ。外へ出てバルコニーで寝《ね》る。かみなりの音がもっとちゃんと聞こえるようにね！」

ぼくはぐっとつまった。けれど、膝《ひざ》ががくがく震《ふる》えだす前に、ぼくはいった。「ぼくもおんなじ！」

わあっ！　こわいのなんのって！　レーナだって、同じようにこわがっている。見なくてもわかる。だって、こわいのがあたりまえだもの。バルコニーがゆれるほどの音だ。ぼくたちは二、三分もしないうちにずぶぬれになった。上にはひさしがあり、それぞれシュラフにくるまっているのに。ときどき稲妻《いなづま》がひかって、真昼《まひる》のように明るくなった。雨は滝《たき》のよう、かみなりの音はすごい。ものすごく気味《きみ》がわるい。かみなりは鳴るたびに音が大きくなる。ぼくはとうとう耳に手でふたをし、目をつぶった。こわくて、どうしていいかわからなくなった。そっと薄目《うすめ》で見ると、そばにすわったレーナは船首像《せんしゅぞう》のように体をかたくしている。口をぎゅっとひきしぼって。

そのとき、急にぼくにはわかった。レーナはお母さんに会いたいのだ。ぼくは手を耳からおろした。かわいそうなレーナ！　ぼくがなにかいおうとしたそのとき、ひかるのと鳴るのと同時だった。あまりの明るさ、あまりの音のすごさに、レーナとぼくは抱《だ》きあって、顔をシュラフにつっこんだ。

「ふたりともどうかしてるよ！」とぼくはどなった。「中へ入らなくちゃ、レーナ！」

レーナは返事しない。ぱっと立ちあがった。

「トリレ、古い家畜小屋《かちくごや》が燃《も》えてる！」

ぼくはシュラフを跳《は》ねのけ、あわてて立ちあがった。ほんとだ、火事だ！

「丘《おか》ヴァーニャ！」とさけんで、ぼくはかけだした。

「火事だ！」うしろで、レーナが家の中にむかって、今までに聞いたこともないほどの大声でさけんだ。それからぼくにむかってどなった。「トリレ、中へ入らないで！」

けれど、ぼくはレーナの声を聞かない。稲妻《いなづま》、雨、火事。丘《おか》ヴァーニャが中にいる。連《つ》れださなくては。火はまだ屋根から吹《ふ》き出ているだけだ。ぼくは戸をあけた。中は煙《けむり》でいっぱいだ。

だが、馬のいる場所はわかっている。

「ほら、ほら」と声をかけて、たてがみをつかんだ。「さあ、出るんだよ、いい子だから！」

けれど、丘《おか》ヴァーニャはうごかない。まるで足を地面にくぎづけにでもされたように。ぼくは丘《おか》ヴァーニャをなで、さそい、ひっぱった。しかし馬はうごこうとしない。まるで丸焼《まるや》けになりたいとでもいうみたいだ。外へ出なければならないことが、どうしてわからない？　ぼくは泣《な》きだした。

「さあ、おいで」どなって、力まかせにたてがみをひっぱった。馬は足《あし》ぶみするだけで、あいかわらずその場からはなれようとしない。腕《うで》の力がぬけてきた。ぼくは、自分がパニック寸前《すんぜん》とわかっていた。

そのときレーナが来た。煙《けむり》をくぐって。レーナがぼくの腕《うで》に自分の腕《うで》をからみつけた。そして、ぼくが丘《おか》ヴァーニャにしたのとそっくりにぼくをひっぱった。

「馬！」ぼくは泣《な》きながらいった。

「出るのよ、トリレ！　屋根が落ちる！」レーナの声はかんかんに怒《おこ》ったときの声だ。

「馬が、馬がうごかないんだ」ぼくは泣《な》きながら、丘《おか》ヴァーニャと同じように、がんこにつっ立っていた。

レーナがぼくから手をはなした。

「馬は牛とおんなじにばかってこと！」とレーナがさけんだ。そして丘《おか》ヴァーニャの耳のそばにぴたりと寄《よ》った。ぱちぱち、ぶすぶすと火がはぜる音、燃《も》える音がしている。

「ブウウ！」レーナが突然《とつぜん》どなった。

そのとたん、丘《おか》ヴァーニャがものすごい勢《いきお》いで飛《と》びだした。ぼくは重心《じゅうしん》を失《うしな》ってひっくりか

えった。レーナは出口まで行って、ぼくがいないのに気がついた。

「トリレ！」と不安《ふあん》そうにさけび、ふりむいた。そのとき、火のついた梁《はり》が屋根からはずれて落ちた。

「トリレ！」レーナがまた呼《よ》んだ。

ぼくは返事ができなかった。ぼくは丘《おか》ヴァーニャと同じだった。恐怖《きょうふ》ですくみあがっていた。落ちた梁《はり》がぼくと戸口《とぐち》のあいだで燃《も》えていた。

そこへレーナが来た。小さなカンガルーのように梁《はり》を跳《と》びこえて。その細い指がまたぼくの腕《うで》をつかんだ。ぼくをものすごい力で戸口《とぐち》にむかって投げた。そう、ぼくはレーナがほんとにぼくを投げとばしたと思った。最後《さいご》のところは這《は》ってすすんだ。ほっぺたにぬれた草があたったことをおぼえている。そしておとなたちの手がぼくを小屋の外へひきずりだした。

家族が雨の中で勢《せい》ぞろいしていた。まわりから、よかったよかったの声がどっとわいた。

「レーナは？」

レーナはどこにも見えない。

ママがぼくをしっかり抱《だ》きかかえていた。

「レーナはまだ中だ！」とぼくはさけんでもがいた。しかし、ママはぼくを抱《だ》く手をはなさない。ぼくは足で蹴《け》り、さけび、泣《な》いた。それでもママはぼくをはなさない。ぼくは呆然《ぼうぜん》と小屋の戸口《とぐち》に目をすえているばかり。レーナがまだ中にいる！　レーナがまだ火の中だ……。


そのとき、おじいちゃんが大きな荷物のようなものをかかえて炎《ほのお》の中からよろめき出てきた。力がつきて草の上に膝《ひざ》をつき、レーナを草の上におろした。


ぼくは病院が好《す》きではない。だけど人はここでまた元の体にもどる。ぼくはひとりで白いドアの前に立ちどまった。お見舞《みま》いということをするために来たのだ。ノックした。ぼくはわきの下に、キャンディーの箱をかかえている。その箱のキャンディーは、みなミルクチョコレートとりかえてある。

「どうぞ！」と中から返事があった。混声合唱《こんせいがっしょう》みたいな大声。

レーナはベッドの上にすわって、コミック雑誌《ざっし》の『ミッキーマウス』を読んでいた。頭に白い包帯《ほうたい》をまいている。坊主頭《ぼうずあたま》だ。髪《かみ》は火事でかなり焼《や》けてしまい、のこった髪《かみ》も剃《そ》られてしまったから。火事では煙《けむり》をたくさんすったのだが、ほかはたいしたことはなかった。それですんでほんとによかった。でも、こうして会うレーナはいつもとちがって、なんとなく変《へん》な感じだ。

「ハロー」といって、ぼくはキャンディーの箱をさしだした。

レーナがちょっと鼻にしわをよせた。そこでぼくは、中身《なかみ》はミルクチョコだよ、とあわてて説明《せつめい》した。

「あんた、イチゴジャム好《す》き?」とレーナがたずねた。

もちろん好《す》きだ。ベッドのわきの引き出しに、イチゴジャムの小さなびんがぎっしりつまっている。パンにつけるジャム、ほしいだけもらえるのよ、とレーナがいった。ぼくたちはそれからイチゴジャムとミルクチョコレートを食べた。ぼくは食べながらレーナにたずねた。頭は痛《いた》いかとか、そのほかいろいろ。レーナがいうには、ほとんど痛《いた》いことはないそうだ。早く家へ帰りたいけれど、もう一日か二日は病院にいるようにいわれているらしい。まだようすを見る必要《ひつよう》があるのだそうだ。

「やっぱりその必要《ひつよう》があるんだよ」とぼくはいった。病院では病院のいうとおりにしたほうがいいと、ぼくも思う。

ベッドの上に、ぼくのイエスの絵がかかっている。

「ねえ、レーナ」ぼくはしばらくしてから小さな声でいった。

「うん？」

「ぼくを救《すく》ってくれて、ありがとう」

レーナはなにもいわない。

「すごく勇敢《ゆうかん》だった」

「なにいってるの」といって、レーナが横をむいた。「だって、わたし、そんなことあたりまえだったんだもの」

あたりまえだったって、どういう意味だろう？　ぼくがそう思ったとき、レーナがいった。

「だって、自分の一番の親友が焼《や》け死んでもいいなんて思うはずないもの」

ぼくはしばらくなにもいえなかった。

「一番の親友……」とぼくはようやくいった。「ぼく、きみの一番の親友、レーナ？」

レーナが変《へん》な顔をしてぼくを見た。「それこそあたりまえでしょ。ほかにだれがいるっていうの？　カイ・トミー？」

ぼくの腹《はら》の中のどこかに居《い》ずわっていた大きな石がとろけて消えてしまったような気持ち。ぼくには一番の親友がいる！　レーナは丸坊主《まるぼうず》に厚《あつ》い包帯《ほうたい》をまき、新しい小びんをあけてイチゴジャムをなめている。彼女《かのじょ》は、自分がぼくをどんなに幸せにしたか、気づきもしていない！

「ぼく、これからはあまり膝《ひざ》をがくがくさせないようにする」

レーナはふしぎそうな顔でいった。「だけど、あの丘《おか》ヴァーニャ、おばかさん馬のところへ走りこんだときのあんた、膝《ひざ》なんかがくがくさせていなかったよ。けっこう勇気《ゆうき》あったものね」

そしてレーナはなにげなくいったのだった。

「ねえ、トリレ、わたし結婚《けっこん》の約束《やくそく》をしたのよ」

「ええ？　だれと？」

そこでレーナが話してくれたのは、つぎのようなことだった。

つい二、三時間前のこと、レーナがベッドで眠《ねむ》っている振《ふ》りをしていると、お母さんとイザクがレーナのベッドをはさんで両側《りょうがわ》にすわっていた。二人は愛《あい》について、レーナについて、クネルト・マチルデについてしゃべっていた。レーナはイザクがことによってはクネルト・マチルデで暮《く》らしてもいいと思っていることを感じとった。イザクが地下室を整理すれば部屋が一つできるといっているのを聞いてしまったから。

「それなのにね、トリレ、どちらも肝心《かんじん》なことはいわないのよ！」とレーナがいった。「だからわたし、ぱっと目をあけちゃった」

「そして？」ぼくは身《み》をのりだした。

「そしていったわけ。『イザク、あんた、わたしたちと結婚《けっこん》する気あるの？』って」

「そういったんだね。そしたら、彼《かれ》なんて返事した？」

レーナがおかしなことを聞くじゃないという顔でこたえた。

「イエスっていったにきまってるでしょ！」

レーナはミルクチョコレートを一かけら口におしこんでから、満足《まんぞく》そうにふふと笑《わら》った。

「これで、きみ、パパができるんだね、レーナ」ぼくも興奮《こうふん》してさけんだ。

夏至《げし》の夜の新婚《しんこん》カップル

夏至祭《げしまつ》りの日が来た。ぼくは大きくあけた窓《まど》からぼくたちの王国を見わたした。こんな日って、うれしいったらありゃしない！　太陽は照《て》る。海はひかる。新しくたがやされた畑がひろがっている。

「レーナ！　外へ行かなくちゃ」

ぼくたちは夏のまん中へ飛《と》びだした。だって、家にいるより外へ出て畑地《はたち》でかけっこするほうが、よっぽど楽しい。

「トリレ、だらしないよ」ふたり同時にゴールの波打《なみう》ち際《ぎわ》へついたとき、レーナが息をはずませながらいった。同時についたのだから、ぼくだけそんなことをいわれる筋合《すじあ》いはないのだけ

れど、ぼくはなにもいわなかった。

ぼくたちは裸足《はだし》で海へ入った。海草をひろって岩をたたいた。いい音がする。石から石へと飛《と》びながら、トールおじさんのところまで行った。レーナがおじさんのカッターにこっそり入り、船室の鍵穴《かぎあな》にタンポポの花をさしこんだ。海からあがって原っぱへ行くと、若《わか》い牝牛《めすうし》たちがのんびりと草を食べていた。ぼくたちはだまってそのようすをながめた。

いつもなら「ねえ、あの牛に乗ってみようよ」などと言いだしそうなレーナも、なにもいわない。今夜は夏至《げし》で夏至祭《げしまつ》り、ほんものの結婚式《けっこんしき》。ふたりともなんとなくあらたまった気分になっていたのかもしれない。


夜になると、ドレスを着こんでおしゃれしたレーナがやってきた。

式がはじまった。牧師《ぼくし》さんがイザクに、レーナのお母さんと結婚《けっこん》するかどうかをたずねた。

「はい」とイザクがこたえた。

つぎにお母さんが聞かれて、「はい」とこたえた。

するとレーナがあたりにひびきわたるような大声で、はっきりと「はい」とこたえた。聞かれもしないのに。レーナの気持ちもわかる。自分が何回も脳《のう》しんとうをおこさなかったら、この結婚式《けっこんしき》もなかったわけだから。

火はおだやかに燃《も》え、夏の夜はあたたかくやさしく、ぼくたちの入《い》り江《え》にはいつもよりたくさんの人があつまって、音楽とダンスでにぎやかだ。

夜がふけてきたころ、おじいちゃんがぼくに聞いた。

「なあ、おまえは今夜の花嫁《はなよめ》さんは去年の花嫁《はなよめ》さんよりきれいだと思ったかい？」

おじいちゃんはいい背広《せびろ》で、コーヒーのカップを手に、みんながいる場所からちょっとはなれた岩に腰《こし》をおろしていた。

「うん、ほんの少しだけね」とぼくはこたえた。レーナのお母さんはいつもよりもっときれいだったから。

「ふむ」おじいちゃんはだまりこんでしまった。

「今日は大《おお》おばちゃんのことを思い出してるんだね？」とぼくはたずねた。

「たぶんそうだな。ほんの少し」といって、おじいちゃんは手にしたコーヒーのカップをまわした。

ぼくはしばらくおじいちゃんを見ていた。すると心臓《しんぞう》がふくらんで、胸《むね》のすきまがほとんどなくなってしまったような感じがしてきた。世界じゅうのいいものをみんな、おじいちゃんにあげたくなった。ぼくは突然《とつぜん》、自分がなにをしなければならないのか気がついた。こっそりと海岸からはなれ、家へむかった。


おじいちゃんの部屋はうす暗くしんとしていた。ぼくはキッチンの椅子《いす》にあがって、できるだけ体をのばした。キッチン戸棚《とだな》の一番上にそれはあった。ぼくがさがしていたもの、それは大《おお》おばちゃんのワッフル焼《や》き器《き》だ。ぼくはそれをおろし、しばらくそれを手に立っていた。それからおじいちゃんの寝室《しんしつ》へ行った。祈禱書《きとうしょ》にはさまれた一枚《まい》の黄《き》ばんだ紙。一番上に、〈ワッフルハート〉と大《おお》おばちゃんの手で、書いてある。大《おお》おばちゃんのワッフルのことを、ぼくたちはそう呼《よ》んでいた。ハートの形をしているからだ。

ぼくはワッフル焼《や》きなど自信《じしん》がない。けれども、一つひとつ、大《おお》おばちゃんのレシピどおりにやってみることにした。やがて、大きなボウルにワッフルの生地《きじ》ができた。さて、焼《や》きはじめようとしたちょうどそのとき、ドアがらんぼうにひらいた。

「あんた、いったいこんなところでなにしてるの？」レーナがぼくをどなりつけた。

レーナはすぐにワッフル焼《や》き器《き》に気がついた。

「ああ……」

「きみは浜《はま》へもどらなくちゃいけないんじゃない？」とぼくはいった。ほんとはレーナもここにいてほしかったのだけれど。「だって、お母さんが結婚《けっこん》するんだもの」

レーナがワッフル焼《や》き器《き》を見つめた。

「それはママひとりでちゃんとやれるわよ」といって、レーナはドアをしめた。

レーナとぼくがおじいちゃんのためにワッフルを焼《や》き、入《い》り江《え》では夏至《げし》祭《まつ》りの花嫁《はなよめ》花婿《はなむこ》が結《けっ》婚式《こんしき》のお祝《いわ》いをしていたあの夜のことを、ぼくはけっして忘《わす》れない。レーナとぼくはキッチンでワッフル焼《や》き器《き》のあっち側《がわ》とこっち側《がわ》にすわり、ほとんどだまっていた。バックは音楽と人びとの楽しげな声。ぼくがワッフル焼《や》き器《き》の型《かた》に生地《きじ》を流しこみ、レーナがハートのワッフルをとりだした。

「あんたのあの絵、もう返さなくちゃね」突然《とつぜん》レーナがいった。

ぼくはびっくりして、生地《きじ》を型《かた》の外に流してしまった。

うれしさがこみあげた。

「ありがとう」


もうすぐワッフルがみな焼《や》きあがるというところで、おじいちゃんが入ってきた。おじいちゃんはぼくたちがいるのを見てめんくらったようだ。そしてぼくたちがやっていることを見て、もっとめんくらった顔をした。

「プレゼントでーす！」レーナが壁《かべ》から壁紙《かべがみ》がはがれ落ちそうな大声でいった。


ぼくたち、おじいちゃんとレーナとぼくはハートのワッフルを食べた。大《おお》おばちゃんがいなくなって初《はじ》めてのワッフルだ。大《おお》おばちゃんも天国《てんごく》でにっこりしたんじゃないかなあ。

「うちの小さなトリレと小さなおとなりさん」おじいちゃんはうれしそうに何度もくりかえし、そのたびに頭をふった。

ワッフルを七枚《まい》食べたところで、おじいちゃんは椅子《いす》にすわったまま眠《ねむ》ってしまった。夜そんなにおそくまで起きていることに慣《な》れていないのだ。レーナとぼくはおじいちゃんに毛布《もうふ》をかけて、そっと外へ出た。

ぼくたちはヒバの木にのぼった。下の入《い》り江《え》ではまだ結婚式《けっこんしき》のお祝《いわ》いがつづいていた。晴れた夜で、おそくなってもあたりは明るい。お客一人ひとりの顔も見わけがつく。

「これできみにもパパがいるってことだね、レーナ」とぼくはいった。

「そうよ。もう一回ね！」とレーナが満足《まんぞく》そうににっこりし、最後《さいご》のハートワッフルを口におしこんだ。

そしてぼくにはとびっきりの親友がいる。ぼくは幸せいっぱい、心の中でさけんだ。

作者／マリア・パル（Maria Parr）

1981年生まれ。ベルゲン大学で北欧語と文学を履修して修士号をとり、さらにヴォルダカレッジで教育学を学んで教職につく。大学在学中の2005年に書かれた本作品は子ども同士の友情のいちずさを描写して好感をよび、ノルウェーの北欧神話の詩神の名を冠したブラーゲ文学賞（児童文学部門）の候補にあげられ、数か国語に翻訳されている。ついで2010年に発表された『トーニエ・グリマーダール』も、読み聞かせなどで子どもとのふれあいをつづける作者の心情がこもっており、ユーモアあふれる文体とあいまって出版直後から好評である。これはブラーゲ賞をふくむ国内外の賞を得ている。

訳者／松沢 あさか（まつざわ・あさか）

1932年、愛知県生まれ。名古屋大学文学部文学科（ドイツ文学専攻）卒業。訳書に『空白の日記』『ウルフ・サーガ』（共に福音館書店）、『ウーヌーグーヌーがきた！』『アンネがいたこの一年』『宮廷のバルトロメ』『アリスは友だちをつくらない』（共にさ・え・ら書房）など。

画家／堀川 理万子（ほりかわ・りまこ）

1965年、東京生まれ。東京芸術大学大学院美術研究科修了。タブローによる個展を定期的にひらく一方、こどもの本に絵を描く。絵を担当した絵本に『はなさかじい』（岩崎書店）、『しあわせいっぱい荘にやってきたワニ』（福音館書店）、オリジナルの絵本に、『げんくんのまちのおみせやさん』（徳間書店）、『きえた権大納言』（偕成社）などがある。東京都在住。

ぼくたちとワッフルハート

2011年2月　第1刷発行
原　作／マリア・パル
訳　者／松沢 あさか
発行者／浦城 寿一
発行所／さ・え・ら書房　〒162-0842 東京都新宿区市谷砂土原町3-1　Tel.03-3268-4261
http://www.saela.co.jp/
印刷／三秀舎　製本／東京美術紙工　Printed in Japan

ISBN978-4-378-01488-3　NDC949